我
与
我
的
百
分
室
友

万年俊子 / 著

北京联合出版公司
Beijing United Publishing Co.,Ltd.

目 录
CONTENTS

- 序 言 ——————————————————————[1]

- **PART 1**
  我要毕业了
  他很瘦削，
  一头自然卷。
  扎了一条小辫子，爱穿黑色皮衣，
  有点儿坂田银时的气质，整个人总是懒洋洋的。——[1]

- **PART 2**
  团结湖的小红楼
  我的心里有个玻璃瓶。玻璃瓶里面住着自己的小人儿。玻璃小人儿很害怕接触外面的社会，所以她一般都不会出现。只有我深爱的人才能看到我的玻璃瓶和瓶子里的小人儿。————[69]

- **PART 3**
  也许你会永远爱我
  舒平在远处向我招手，很安静地笑着。
  我此时只想跌进他的笑容里，
  所有安静的、文艺又矫情到死的句子，都像是在形容我的心情。————————[100]

- **PART 4**
  猫奴日常
  甜甜就守着这个初来乍到的脏小萝莉，大气不敢出。等到杨小川回到家，发现他的卧室里满屋子的人着了魔一样围在沙发上看着一只小奶猫睡觉，一个个仿佛《指环王》里的咕噜姆捧着魔戒，眼里满满的"my love, my precious（我的爱，我的宝贝）"！————[153]

- **PART 5**
  如何说再见

  就是有那么一个瞬间，
  你会觉得，全世界都不太重要了，你们手牵着手
  在天桥底下散步，你们并不知道对方有多少秘密，
  但是你们觉得不那么孤单了。————————————[206]

- **PART 6**
  谢谢你，室友

  我们总是前瞻又后顾，
  对不在的事物憧憬。
  我们最真心的笑也洋溢着，
  某种痛苦。————————————————————[235]

  一点后续 ————————————————————————[317]

序言
PREFACE

　　我有一个我认为很帅,很酷,很拉风,很聊得来,兴趣点一致,绝对没有男女之间暧昧情感,最好的男生朋友。

　　我可以和他聊科幻,聊电影,聊工作,聊人性,聊哲学,也可以和他骑摩托车去看火车,喝啤酒,喝多了各回各的房间。

　　我给他分析他的诸多妹子,他给我分析我的恋爱关系。

　　我们是朋友,是知己,是好"基友",是工作搭档。

　　我没有想过用"蓝颜"来定义他,他就是我最好的朋友,酷霸狂炫屌炸天。

　　他要是上战场,我肯定给他挡子弹。

　　我要是有危险,他肯定端起枪"突突"了对方。

　　我们在一起住了700天。

　　谁说男人和女人之间没有纯洁的友谊?

You Are My Perfect Baby

PART 1
我要毕业了

01
啃羊肉串时不要轻易做决定

作为一个电影系大四的女生,我和其他所有即将在三个月后毕业的"电影狗"一样,一边拍毕业作品,一边寻找实习机会。

然而,两件事都卡死在一个叫杨小川的学长身上。

第一件事是,我想找一片田野来拍摄,这片田野,我在杨小川的毕业作品里看到过。于是,我辗转联系了他的同事——另一个我比较熟悉的学长——高原。

高原接到我电话的时候十分爽快,告诉我杨小川就在他身边,有什么问题尽管问他。于是,我问杨小川:"学长,你好,我是狮子,我想问问你拍毕业作品的时候那片田野是在哪里找的。"

电话那边声音很像刚刚睡醒一样，说："啊，那个，不好找，我们当时开车过去的，在南朗附近。"

我说："我就在南朗，和我的摄影师顺西一起，你能告诉我具体的地名吗？或者标志性建筑？"

他想了一会儿，然后斩钉截铁地回答："没有。"

就这样挂断电话了。

他心里一定是不想告诉我的！

太小气了！

天哪，怎么会有这种人！

第二件事是，我想去实习的电影公司，就是杨小川所在的公司。

我找了个机会问杨小川："能不能把我推荐给你老板？我想去实习。"

杨小川说："我们公司目前不招人。"

"怎么可能不招人？听说你们公司就三个员工啊！"

最后，我当然还是找到了那片田野，在我和摄影师扛着机器跑了几公里路，累成狗之后。

我也获得了那家电影公司的实习机会，在我厚着脸皮找系主任求推荐，花光了自己所有的人品值之后。

HR给我打电话那天，是个晴朗的好天气，我正和我的男朋友舒平一起坐在珠海一家大排档啃羊肉串。

HR说："你被录用了，最好最近就能来北京工作。因为你没有住所，所以就安排你和杨小川先住在一起。杨小川现在住的地方是公司出钱租的，离公司很近，也很方便。"

我想了想，说："好。"

我挂上电话,觉得好像这样也很好。

在北京,如果自己租房子,可能就是一笔不小的开支,而且北京很多人会和异性合租,与其和完全不认识的男人合租,有可能半夜被人拿刀捅死,还不如和一个认识的学长兼同事合租。况且,他已经在那里工作,住了一年,家里一切应该都井井有条了,我入住应该也都很方便。

我的小算盘打得啪啦响,觉得怎么都是自己划算。

但是万万没想到,这才是一切麻烦故事的开始。

02

红娘又不是蜘蛛侠,你们是不是对红娘有误解?

确定了去北京的日期,我在学校安心地度过了最后的学生生涯。临近毕业的某天,我正在食堂认真地思考是吃手抓饼还是吃东北大炖菜时,突然看见了一个熟悉的身影。

我使劲揉了揉眼睛,确认我看到的就是杨小川。

我走过去,有点儿高兴地跟他打招呼。

"嘿,学长,你回学校啦?来看我们这届的毕业作品展吗?"

噢!对了,我是不是忘了说他的长相?

他很瘦削,一头自然卷,扎了一条小辫子,爱穿黑色皮衣,有点儿坂田银时的气质,整个人总是懒洋洋的。此时,他很帅的脸上露出一种很"傲娇"的神色,说:"不是。"

"噢,那你来干吗?"(我怎么就管不住我八卦的烈火雄心?)

"我来看M.J.模仿秀。"

"噢,那个New Jazz社团的表演?你就为了看这个表演从北京飞来珠海?"(快告诉我事实的真相啊。)

"嗯。"

等了一会儿才确定,他确实没有话说了。

好吧,我有点儿妥协了,反正也问不出来什么了。

"那……一会儿要一起吃饭吗?等我毕业了就要去你公司上班了。"

"不了,以后去北京,有的是机会见面。"

傲娇脸杨小川说完这句话,又给我留下了一个背影,转身离去。

很践,是不是?是不是?那有本事你别给我打电话啊!

毕业的那一天,我处理完宿舍里的事情,正在好朋友斯斯的帮助下,一箱一箱地把自己的所有东西——书籍、衣服、资料、小杂物搬运到那个并不会和我一起去北京的、住在珠海的男朋友家里去。

正忙得焦头烂额的时候,我接到了杨小川的电话。很意外。

"嗯?有什么事吗?"

远在北京的杨小川似乎在寻思怎么开口。

"学长,你说啥事吧!"

杨小川说:"是这样的,有一个女生,不知道你认识不认识,是MJ秀里面的一个学妹,叫樱桃,你能不能去花店帮我买花送给她?我回头把钱给你。"

我跟斯斯一对视,红娘之心顿时炸裂,这么"小言"的剧情,这么"傲娇"又陷入恋爱的男子,咱得帮啊!

挂掉电话,我跟斯斯商量,这件事要帮学长做,并且要全力以赴,赴汤蹈火!

这样想起来,我们真的有成长为热爱拉郎配的居委会好大婶的特质。然而,事情远远没有我和斯斯想的那么简单。杨小川说,他有几个要求:第一,要一个花篮,里面装满鲜花,篮筐上系满气球,气球得能飘起来;第二,樱桃学妹住在18楼,我们要从19楼的阳台,在凌晨12点整把花篮从上往下飘落到学妹的阳台上。这时,他再打电话告诉学妹,喊她去阳台上看惊喜。

我此时真的很想说"Fuck"!

在一个学校小卖部包装纸都是印着"祝你幸福安康"的中老年朋友最爱的花店,我和斯斯实在找不出来一个可以装满花朵之后完全不土的花篮。而且,我们找不到氢气,只能绝望地买了超市的彩色气球,用强大的肺活量吹了二十五个气球,最后拜托花店兼小卖部老板拿捆货的麻绳把气球捆在了花篮上。

嗯,没有飘起来的气球。

丑花篮。

以及我和斯斯用过多种办法,包括爬水管,也无法解决从19楼阳台扔花篮下去的问题。

就这样,折腾到深夜,眼看时间临近,我问杨小川:"为什么赶在今天送?她今天生日?你今天要表白?"

杨小川说:"因为今天是5·20。"

我的内心有一种崩溃的声音。

还好有斯斯,这个脑瓜无敌好使,能够把一切不可能变成可能的女生,在三百六十度观察了地形之后,想出了顶呱呱的方法。

她敲开了樱桃学妹隔壁宿舍同学的门,从隔壁的阳台把花篮推过去了。

呵呵,功成身退。

凌晨临近,我和斯斯离开那扇紧闭的樱桃学妹的宿舍门,心里弥漫着三个担忧。

万一她今晚不在宿舍,怎么办?

万一她觉得花篮太丑,怎么办?

万一她十分感动,然后拒绝了,怎么办?

残酷的事实就是,我们的三个担忧全都变成了现实。

至少在我前往北京的火车上,杨小川告诉我,他还是单身。

但是,当我终于到达北京,拎着行李,推开我即将开始居住的房子的门时,还是愣住了。

∅3

想住大房间可以啊！你长得漂亮吗？

我到北京的时候，杨小川正好休假回家了，他把家门钥匙给了贯中久——另一个我熟悉的学长。

贯中久很壮，有点儿蒙古族大汉的样子，在学校的时候，他拍戏我老去帮忙，所以彼此非常要好。

那时候，他是弓道馆的神射手，小伙子还长得很有青春日漫男主角的味道。毕业后，一年不见，他已经从男主角长成男主角的叔叔了。

贯中久挣扎了一下，还是在我的威逼利诱下，答应帮我把行李箱搬到四楼。这栋没有电梯的红砖老房子，可能比我的岁数大多了。

楼道里堆满了杂物，拐弯的时候几乎没有下脚的地方，弥漫着一股浓浓的煤炉味。

使劲闻闻，谁家在炖玉米排骨汤？

打开门，贯中久把行李箱给我扔在走廊里，自己轻车熟路地推开主卧的门，躺倒在沙发上休息，瞬间处于昏迷状态。

这个房子，我环顾了一下，大约60平方米，分成两个卧室，没有客厅，只有一条很窄小的走廊。

主卧有沙发、电视、小阳台、一张双人床，次卧只能放一张一米二的单人床、一个衣柜和一张桌子。

有什么可抱怨的呢？要是你来过北京，自己租过房子，就会明白。

一个刚到北京、人生地不熟的女孩，住进团结湖的白家庄小区，步行五分钟到地铁站，公交车站就在门口，灯红酒绿的三里屯近在咫尺，坐拥东三环大国贸十号线，而且完全不花钱，简直要产生一种空手套白狼的恍惚感。

况且，这个主卧的装修根本就是给女生住的吧？彩色格子的窗帘，手工艺的沙发布，白色的毛茸茸的地毯，草编的榻榻米……床与这个房子里最像客厅的空间被一幅画着日式兔子的厚重麻布隔开，电视柜上放着一大堆私房猫的零钱罐，玻璃罐子里插着三朵小花，卧室的门框上都挂着和风的门帘。

而次卧的床上、凳子上，堆满了男生的衣服和鞋子，墙上贴着从天花板到地板的黑白的海报，书桌上放着电脑，拥挤又昏暗。

我的心里泛起了涟漪。

杨小川同志，是我错怪你了，以为你是个没良心的白眼狼，没想到你不仅自己让出来大卧室，还把给学妹的卧室装潢一番，搞个大新闻。

唉，以后倒垃圾、下楼买水这种事，就包在我身上了，有我一口吃的，就绝对饿不死你。

我打电话给杨小川，十分不好意思地说："小川啊，其实我住小卧室就可以了哈，何必这么麻烦，还——"

杨小川打断我："你的房间是那个小卧室。"

等等，等等，excuse me？

导演，这个演员他使诈！台词本不是这么写的啊！

杨小川仍然用他那种好像刚刚睡醒、很好听很温柔的声音不急不缓地说："前段时间有个女生住在这里，她就住了大卧室，我把我的东西搬去了小卧室。现在既然公司安排你住进来，那个女生自然会搬走。你可以这几天先住一下主卧，等我回北京了我们再换，不然小卧室现在也放不下你的行李。"

我挂上电话，感觉他这段话直白得不像人话，那就是三个意思：一是，你来了，我只好被迫赶走了我的妹子，但是你是公司安排的，我没办法不欢迎，也不能说完全欢迎；二是，妹子可以住主卧，但是你不是妹子，你滚去住次卧；三是，现在让你住主卧，是因为我怕你把我次卧的东西搬来搬去，弄丢了或者弄乱了。

我有点儿生气，但是仔细想想，又没有什么好生气的。

作为前辈，他住主卧当然没问题，我觉得我生气的重点是，他让另外一个女生住主卧，让她随便装扮这个卧室，却不让我动他放在次卧里的任何东西。

我在洗手间望着年深日久、水渍斑驳的镜子问自己。

狮子，你他妈的难道不是妹子吗？！

04

做一个特别的人，要肚子长在背上

杨小川推门进来的时候，我正在沙发上四仰八叉地躺着——刚刚做完一个皮肤手术。

这是我来北京后我们第一次见面。

杨小川看我的肚子上包着纱布，放下背包，坐到我旁边，皱着眉毛问我。

"你怎么了？"

"我植皮了。"

"你整容了？！"

"不是，我有皮肤病，趁着来北京又还没开始上班，我妈妈过来摁着我去做了植皮手术：把肚子上的皮肤组织提取出来，贴在脖子和背上。"

"这么说，"杨小川上下打量了我，然后用手拍了拍我的后背，"这么说，你的肚子以后就长在背和脖子上了？"

我真的是刚做完手术——一个没有使用麻醉剂的手术，疼得没有力气打他。不然，你们相信我，明天就会出现一条"白家庄男子在家中被残忍杀掉"的社会新闻。反正隔壁就是《北京青年报》报社，分分钟我们就一起上头条。

我给了他一个意味深长的白眼，正打算转过身去不想理他，他突然很温柔地看着我，问："疼吗？"

当然疼啊！感觉肚子快要疼爆炸了。

我大概花了三分钟描述了一下自己做手术的详尽过程。

他听完，也学我的样子，躺在沙发上，把自己的上衣撩起来，拍了拍自己肚子，说："太胖了，不信你摸摸看，全是肉。"

我大脑死机了一分钟。

正常人不是应该听完我的哭诉，安慰我，心疼我，给我一个爱的拥抱、同志般的鼓励，或者干脆就嘟着嘴做吃惊状吗？

杨小川这是什么路子啊！

我们不是很熟啊！

为什么我要在忍受身体痛苦的时候还要忍受精神上的折磨啊？！

为什么要给我看你的肚子？！

我想了一分钟也没想通刚刚那段对话的逻辑在哪里。

就在我沉默地望着她，他沉默地望着自己的肚子时，我妈妈推开门进来了。

对啊,我妈妈摁着我去医院的,所以她前两天也来了北京。

在发生以上对话的时候,她正在外面的厨房做饭。

当她推开门进来的时候,她的女儿正躺在沙发上捧着自己疼痛的肚子呻吟,她女儿的学长正在躺在一边,捏自己的肚子玩。

反正在这个拥挤的沙发上,肚子的存在感好强。

05

为什么人只有在停电的时候才想起来吃烛光晚餐？

我妈妈推开门，目不斜视地说："洗手！吃饭！"

此时此刻，我也不是很想求我妈妈的心理阴影面积。反正，我和杨小川都一个激灵地从沙发上滚起来，麻利地去洗手了。

吃饭的时候，大家都围坐在不大的茶几旁。杨小川坐在地上，我和妈妈坐在沙发上。

小川此时完全变了一个人，热络又有涵养地说："阿姨，您辛苦了。""阿姨，您做的菜真好吃。""阿姨，您有没有在北京四处转转？""阿姨，您要是买菜不方便可以叫我。""阿姨，您看着真年轻啊。"……

甜言蜜语，把我妈妈哄得团团转。眼看她就要被资本主义的糖衣炮弹打败。

我正吃着酸辣土豆丝呢,啪的一声,整个房间突然黑了。

咦?我刚要问怎么回事,小川就赶紧站起来说:"阿姨,你们别怕,应该是电卡用完了,我下去充电。"他熟练地从电视柜里找出电卡和手电筒,然后给我们在桌子上点了一支香薰的玻璃罐蜡烛,就穿上外套出门了。

小川走的时候还笑了笑,跟我妈妈说:"阿姨,你们先吃,别等我,就当是烛光晚餐了。"

小川走后,我妈妈开始就这个懂礼貌、有条理、还会哄人开心、很有担当的学长,对我进行了为期十分钟的思想政治教育。

天哪,我该怎么告诉我妈妈,这个学长在我面前可不是什么正常人类。

还是吃我的酸辣土豆丝算了。

小川回来后,又搬了凳子去门口换电卡。我妈妈指挥我给他扶着凳子,照着手电筒。

妈妈叉着腰站在我们旁边,她一边继续对他的独立和担当赞不绝口,一边数落我在家什么都不会,以后还请他多多照顾。

在妈妈进门去开关电源的时候,我嘟哝了几句:"不就是换个电卡吗,还能上天了?"

小川从凳子上弯下腰来,找我拿手电筒,在我耳边小声说:"那不如你来换?"

我立马连跑带跳地回沙发上躺着,说:"我肚子好疼呀!哎呀!哎呀!"

06
迷路的时候电话一定不是打给真朋友,而是打给离你最近的人

一周后,我的肚子终于拆了纱布,妈妈也离开了北京,我正式开始了上班的生活。

HR珍姐跟我说,一般是十点半上班。

于是,今天我八点半就起床了,激动得不能自已。我心想,狮子啊狮子,你太牛了啊!从今往后,你就是一个能挣钱的好青年了啊!祖国和人民没有白白培养你,你看看你,怎么那么牛?一个小姑娘,肚子还没好全,就要自己坐地铁去上班,在大北京。啊!拥抱自己的青春和梦想!

九点四十分,我去敲杨小川的门,此时他还住在小卧室。

我说:"学长!学长!起来了!起床上班了!"

杨小川在里面迷迷糊糊地说:"好的。"

我坐在外面走廊里等了十五分钟,眼看就要到十点了,第一天上班我不能迟到啊,赶紧又敲了遍门:"小川!杨小川!你醒了吗?我先走了!"

门内传来杨小川若有若无的回应。

等不及了,中国电影事业还在等待我去拯救,我们公司的电影项目还在等待我去撰写。啊,我等不及了,赶紧穿上鞋就跑了出去。

我走出小区,感觉北京的早晨是这么温暖,买了一个驴肉火烧拿在手上,我想对每个过路的行人说"北京,你好"。

就是一种"真牛啊"的心情。

我就这么从珠海来到北京了。

我就这么从学生开始工作了。

我就这么从一无所有变得似乎有了点儿什么。

我怀着激动的心情,踏入了团结湖地铁站,根据珍姐给我的公司详细地址,出了金台夕照地铁站。

十点十五分,时间刚刚好。

然后,我就迷路了。

十一点十分的时候,我彻底放弃了,绝望地蹲在马路边。

走了一个小时,我怎么还在"大裤衩"附近?

我要去的公司,到底在哪里?

不甘心,又不好意思,我还是拨通了杨小川的电话。

杨小川居然还没起床!

"我……嗯,小川,是这样的——"

杨小川那边永远是没睡醒的声音:"怎么了?"

"我……小川,我迷路了。"

"噢,你在哪儿?"

我形容了周围的建筑和地标,他说:"那你等一会儿。"

我就在路边等着。

等了十分钟,杨小川骑着摩托车出现了。

我不会承认,但那一刻还是有点儿感激的。

杨小川扔了一顶头盔给我,说:"上车吧,愣着干吗?"

"噢。"

杨小川就这样骑着摩托车带着我去上班了。

我坐在他的摩托车后座,没有搂着他的腰,而是用两根手指按在他的肩膀上。

其实我距离公司已经很近了,我们很快就到了公司。

当时已经十一点半了。

我很丧气,说:"第一天上班,我就迟到了。"

小川笑了,用一种奇怪的眼神看着我:"没事的。"

我走上电梯,来到公司门口,才知道他为什么说"没事的"。

我在迟到了一个小时的情况下,仍然是公司第一个到的。

而杨小川打着哈欠,开了门,正在睡眼惺忪地冲咖啡,他顺手扔给我一包,指了指一排摆放整齐的马克杯,说:"欢迎来到movie house。"

07

追随偶像的时候最能感到自己的存在

我还沉浸在电影公司如此萧条、工作时间如此随意的梦想大幻灭状态,珍姐推开门,手里拿着饭盒进来了。

原来珍姐才是第一个到的,只是刚刚下楼吃饭去了。

嗯,我又恢复了镇定。

我赶紧站起来跟珍姐打招呼,说自己迷路了才这么晚到。

珍姐热络地给我分配了一个靠着落地窗的座位和一台电脑,就在小川和高原的办公室门口。

小川的座位即使打开门也背对着我,高原和他共用一间办公室,如果来了,应该是面对着我。

我坐在门口,看起来很像他们俩的文秘。

不过,有落地窗,我望着楼下川流不息的车辆,还是觉得很开心。

下午三点,高原终于来上班了。他之前就说过,作为这个公司唯一的编剧,他经常写到凌晨五点,所以下午来上班也没问题。

他的黑眼圈很重,和在学校的时候比起来,憔悴了很多。高原给了我一个简单又实用的欢迎方式——让我下班后别走,他们带我去吃饭。

说实话,高原学长一直是我在学校里仰视的人,说什么都自带学长光环。

我大一入学的时候,听过他的"新生分享会"。

他说,他是电影系第一届学生,刚来学校时,什么都不会,随手拉了一群同学就开始用小 DV 拍东西,拍了几天,快结束时,DV 架在天台上被风刮倒了,所有的素材都没了。但是没关系,他们还是会继续拍下去。

他说:"只有热爱电影的人,才能真正坚持下去。因为这一行真的太辛苦了,心里如果没有热爱,还是奉劝大家提早转行。"

那时候不知道为什么,很流行每个学妹都崇拜一个学长,有人崇拜摄影好的,有人崇拜做特效好的。

高原属于拍短片很有人文关怀又特别优秀、擅长团队领导的那一类,吸引了一大拨学妹的目光,其中就包括我。大四写不下去剧本的时候,我就会把他的采访和作品翻出来看看。

不知道为什么,学校 Studio(制片室)的一台电脑桌面上,一直都留着他的一部短片。我看着他的短片,激励自己要继续加油。

在学校的时候,我和高原也并不是特别熟悉,只是他会无差别地对待所有爱问问题的学弟和学妹,我也蹭着听了他在Studio的很多次剧作分析。他推荐我买的《故事》,我一直在认真看,确实获益良多。

那时候,我知道高原在北京写院线电影,心里大概只有一个模糊的影子,想要来北京投奔他。现在真真实实地和他同处一个公司,职位是和他一样的编剧,心中难免会有点儿不自知的喜悦。

况且,晚上还要一起去吃饭呢。

但是,我弄错了,他们的吃饭不仅仅是吃饭而已。

第一天到公司,基本上没有什么具体的事情要做,只是读一读目前高原写过的剧本,很快就到了下班时间。

下班后,我才突然发现,原来在北京约吃饭包含了约很多人吃饭,喝第一轮酒,喝第二轮酒以及去KTV喝第三轮酒。

每一轮都可能会突然出现一些不认识的女生,每一轮她们都可能会突然被带走,或者跟着去下一个地方。

天哪,北京骄奢淫逸的夜生活终于拉开序幕,就这样毫无保留地呈现在我面前。

而组这些局的中心人物、吃喝玩乐北京总部的隐藏队长,是杨小川。

08
给酒吧起名字不要像我起小标题这么随意啊

在我刚来北京的时候,爸爸的一位北京同学曾请我吃饭。那位叔叔听说我住在团结湖,对我千叮咛万嘱咐,没事晚上别去三里屯,那边太乱,尤其是酒吧街,小姑娘千万别去。

然而,我在实习的那一个月里,已经被学长们带着熟悉了三里屯"脏街"的每一个角落。

你吃过酒吧街凌晨四点的鸡蛋灌饼吗?那是我人生中吃过的最好吃的鸡蛋灌饼。

三里屯有三家酒吧,是我一直分不清楚但是高原和杨小川总带我去的。

The tree, By the tree, Near by the tree。

每次打电话或者发微信,我都要听他们跟其他人解释好几遍,到底是去哪家。然而,大家还是会弄错。

我不太会喝酒,基本一杯就能倒,去了酒吧就是跟着学长们瞎玩儿,瞎聊天。还好,大家都很自由,没有人会灌别人酒。

常常出现在酒局的,除了杨小川和高原,还有贯中久、Tom和其他几个学长、学姐。

Tom一般带来两个女孩,玩得很开,很能喝,也很能咋呼,那两个固定的女孩又总是能够带来更多的女孩。

喝完一晚之后,谁跟谁回了家,第二天也都不会问,谁也不会记得。

我是从酒局开始真正认识这些学长的。他们无聊的时候,会玩一种叫作"I never"的游戏。

比如高原说"我从来不跟不认识的姑娘上床"。

那好,剩下的所有人里,谁和陌生的姑娘上过床,都得举起自己的酒杯,一饮而尽。

Tom是一个脑袋很圆的香港人,但是他的普通话跟北方人一样好。他说:"我从来没有跟比自己年纪大的人上过床。"

大家哈哈哈大笑。我看了看,只有两个女孩和杨小川喝酒了。

杨小川低头想了想,说:"我从来没有'3P'过。"

太狠了,这哪里有人会承认?

但是让我惊得下巴都掉下来的是,一个叫小A的女孩默默端起酒杯,大家哄堂大笑。

"快!快说说是怎么回事?"Tom赶紧问小A。

小A云淡风轻地回答:"没什么,我喜欢一个姑娘,但是那个姑娘有男朋友。她说，如果要和她一起，就得加上她男朋友。我为了得到她，也就答应了。"

大家忍不住发出赞叹般的喝彩，我还是第一次听到这么刺激的故事，半天没回过神来。

贯中久推推我，说："到你了。"

我举起酒杯，也不知道自己脑子里怎么想的，一时大意，张口就来："我从来没有上过床。哈哈哈哈，这下你们都得喝了吧？"

我一个人笑着，突然停了下来，发现大家都愣住了，表情惊讶地看着我，好像我是误闯入红桃皇后舞会的桃丽丝。

气氛十分尴尬，杨小川第一个举起酒杯，打破了这种尴尬，说："干！"

其他人才回过神来，一起说："干！"

过了很久，小A坐到我旁边，低声问我："你没交过男朋友吗？"

我说："我现在有男朋友的。"

小A说："那是你要求不可以的？"

我回答："不是，其实我无所谓的，我也不知道为什么没有，总之就是没有。"

小A若有所思地点点头，然后我们举着啤酒碰得脆响。

后来，小A喝醉了，凑到我耳边问："你觉得什么才算爱情？"

我喝了酒，有点儿上头，拉着小A的手，唰唰地画了张图，指着对她说："我觉得，爱情是这样的：有三个圆环，一个套一个，最外面的圆环表示外貌、身高、体重、家庭背景、工作能力等等世俗的价值观。要是这方面合适，相互吸引，那就是第一层次的爱。第二个圆环是性格、行为习惯、性、爱好、生活态度、世界观,要是这方面合适,相互吸引,那就是第二层次的爱人。第三个圆环就是灵魂,灵魂就是灵魂,什么都不需要。灵魂合适,相互吸引,那就是第三层次的爱人。当我找到灵魂能够对话的爱人,那前面两个圆环里面包含的东西对我来说就是狗屁。"

小A已经被我说晕了,趴在桌子上呼呼大睡,我也困得不行。此时,已经是凌晨三点。

我去洗手间的时候,恍惚中看到杨小川在跟谁打电话,也不知道他为什么满脸通红,是哭的?怎么可能?一定是喝多了。

去完洗手间,又喝了一轮,我晕晕乎乎的。杨小川过来对我说:"走吧,我带你回家。"

他把自己的电脑包给我背上,我蒙蒙眬眬地爬上他的摩托车。北京的阵阵夜风吹拂着我火热的脸颊,很舒服。

但是他还能骑摩托车吗?我也顾不上这么多了。

还好,安全到了家楼下,我正打算翻身下车,刚一抬腿,背上沉重的电脑包直接对我进行了万有引力实验,把我从车上拽了下来。我整个人仰着摔了下去,背包亲吻了大地,我像只乌龟一样四脚朝天。

我还没好意思喊疼,就看见杨小川慌里慌张地把车停稳,下车一把把我拽起来,关切地望着我:"我电脑呢?电脑没摔坏吧?"

他这一问,一个激灵给我吓醒了。要是我刚来北京就把他剪辑用的电脑摔了,那我接下来的三个月就白干了。

∅9
没事不要接白衣少年的糖果——有毒!

  还好,电脑没事。我为了缓解尴尬,毫无道理地笑了。我说:"哈哈哈哈哈,摔下来了可还行?"杨小川摇摇头,用一脸看智障的眼神看着我。

  我们结伴上楼,我回主卧,他回次卧,我们没有说晚安。我躺下来,望着电视柜,还是觉得有点儿不真实。

  每次参加完人很多、说很多话的社交活动,我都会产生这样的感觉。

  我总是在面对陌生人的时候比面对熟悉的人时更容易掏心掏肺。

  身体很疲惫,却睡不着,我拿出手机,给男朋友舒平发微信。

我问他:"睡了吗?"

他答:"没呢,在通宵。"

我:"很累吧?"

他:"挺累的……"

我:"加油。"

他:"你也加油。"

认识舒平的时候,他在一家书吧打工。我处于学习压力最大,人生最漫无目的、最迷茫的时期。那天,我借口给一位同学寻找拍摄短片作业的场地,坐了快两个小时的公交车,从城市的一端到了另一端。走进书吧的时候,里面只有舒平一个人,穿着白衬衫,很干净的样子。他拿着一盒水果硬糖走过来问我:"你要不要吃糖?"

我们聊起来,发现大家都想开一家书吧。他发现我喜欢喝咖啡,作为一个正在学习做咖啡的"咖啡师",他送了我一本如何分辨各类咖啡豆的书。后来,那部同学的短片,选择在他打工的书吧拍摄,男主角也顺便就让舒平来演。

作为短片的制片和编剧,我在导演同学讲戏的时候,顺理成章地作为女主角的替身,跟他搭戏。我把他拉过来,搂住他的腰,心里想的是,他可真瘦啊!

我们第一次拍戏,把场地弄得很糟糕。有一场戏,女主角要朝着楼上的舒平扔棒球,扔了几次都没有扔中。书吧的老板娘说:"我来。"于是一抬手,狠狠地朝舒平脑门扔了过去。

我们拍完这部戏,舒平就从书吧辞职了。我不知道他是为了我、为了生气的老板娘,还是为了自己。

但是他辞职了,就能够来学校找我玩了。

那时候,也有别的追我的"富二代"同学,送我名牌香水,带我去家里的海边别墅。而当时的我,觉得只要是能打上价格标签的东西就都很无趣。

只有舒平带我去吃大排档,穿着人字拖走在拥挤的公交车站,他指给我看路边的野猫野狗,并且在人人都用手机听歌的时代,揣着一部像砖头一样重的随身听,里面唱着一首歌:"I don't care, where we go..."

在认识一周之后,他向我告白,说的是:"我们在一起吧,你要答应我,你永远都不要抛弃我。"

很古怪的告白,对不对?

舒平是个极其缺乏安全感的人。而我,一只惯常无线的风筝,突然感觉到自己被强烈地需要。

来北京工作,是我们妥协的结果。原本按照我的计划,我应该毕业后去英国念研究生。英国,一个我从小就莫名喜欢和想去的国家。我甚至已经填好了所有的资产证明,向中介交了钱。然后,我们争吵的火山就此爆发。他并没有不许我去,只是他认定了,只要我去了英国,我们必然会分手。好,那去英国的事先缓一缓,我去北京吧。

我毕业的时候,他早已找到了新的工作,在一家大型连锁超市的仓库做审计员。我离开珠海的那天早上,他对我说:"去北京没有那么简单,做编剧也没有那么简单,都很难的,很难很难的。"

我说:"我知道。"

他叹了口气。

我知道他不相信我能够独自在北京生活下去,也知道他不相信我一个总是蒙圈状态的女生真的能够成为编剧。我甚至知道,他从来都觉得我不了解生活,写的东西都很造作。

但是现在,我已经来了北京,躺在了团结湖的红砖小破楼里,我没有回头路了。

他说他之后也会来北京,我说"好"。

对待感情,很多时候就跟小时候刮奖一样,刮出"谢"字,我们还是不愿放手,非要刮完"谢谢惠顾"。

⌀10
大部分为了取悦别人买的衣服最后只取悦了自己

这两天上班,我换了一条路线——坐公交车,很快就找到了公司,终于能够每天不到十点就开始工作。走进办公大厦,我还是会有种刘姥姥进大观园的怯弱。

虽然珍姐告诉我,上班不必穿正装,但是每次我穿着粉色T恤、草编拖鞋,和那些西装革履、穿着高跟鞋和白衬衣的高级白领挤在同一个电梯里,还是会有种"我只是来送餐的快递小妹"的感觉。

中午十二点,小川和高原差不多同时到达,我刚想说"哟嗬,今天来得挺早的啊",一抬头,发现跟在他们后面进来的是老板和制片人,还有一位不认识的大叔,他一定是导演了。

我赶紧站起来点头哈腰,并且十分丧气自己今天没有洗头,还穿了件印着小兔子的蓝色灯芯绒衬衣。我觉得自己一定全身冒着傻气。

制片人向导演介绍我,说:"这是狮子,我们新来的小编剧,她也是卓博堂推荐来的学生。"

导演朝我伸出手,用标准的"港普"说:"小妹,你好,叫我Danny就可以了。"

在导演和老板随意聊天喝咖啡的时候,我杀气腾腾地冲进杨小川的办公室质问他:"你怎么没告诉我导演今天要来公司?你看我今天穿成这样!"

小川无辜地看着我,说:"我又不知道你不知道,而且,你这衣服没什么问题。"

高原在旁边,他很认真地打量了我,说:"要不然,你就去楼下快速买套新衣服,因为下午还有人要来公司跟导演谈事,我们也会参与。有一次,我中午接到电话,知道自己下午一点要去跟一个非常有名的导演开会,我挂掉电话,就跑去附近的商场刷了一整套正装。见人,还是应该穿得得体。"

我白了杨小川一眼,多谢高原,立刻到楼下的成衣店,以迅雷不及掩耳之势试完,又回到了办公室。现在,我只希望导演他们不要觉得我变化太大、太刻意。

杨小川踱步到我旁边坐下,把手搭在我肩膀上,压低声音说:"其实没有人会注意到你穿了什么,因为根本没有人会注意到你。"

我很生气,正要反驳,他搭在我肩膀上的手一使劲,将露在衣服外面的我忘了剪掉的标签扯了下来。这样气氛就有点儿尴尬了,我到底该骂他,还是谢谢他?所以,我干脆选择了不说话。

为了赌气,也为了证明自己的能力,开会讨论高原的最新一稿剧本时,我很积极,提出了许多我认为很有建设性的意见,也得到了老板和制片人的认可。制片人甚至完全肯定了我的一个想法,让我会议结束后写一版对话来看看。

当制片人夸奖我的时候,我骄傲地用余光瞟了一眼杨小川,但是似乎他根本没听见,正面无表情地望着自己的咖啡杯。而一直被所有人轮番轰炸的编剧高原,又以抽烟为借口躲了出去。

会议进行到深夜,大家都累得够呛,随便吃了点儿东西,各自回家。依然是杨小川骑着摩托车带我回家。路上,我问他:"我今天表现得还可以吧?"

杨小川敷衍地说:"嗯。"

我忍不住问:"你为什么说根本没有人会注意到我穿了什么?"

杨小川说:"那你注意到珍姐今天穿了什么吗?"

我细想了一分钟,哑口无言。

杨小川说:"你以后就会慢慢发现的,他们是老板和导演,他们只想做他们想做的事情,至于你是谁、你想做什么,没有人会注意到。"

我说:"那照你这样说,那我就什么都不管了呗,意见也不提了呗。"

他说:"你想做自己想做的事情,只有等你先找到自己想做的事情到底是什么、找到自己是谁之后再说。"

我很生气,说:"你凭什么觉得我不知道我想做什么?"

他没有回答,我们就这样沉默着,回家,洗漱,还是没有说晚安。

⊘11
交朋友就要交可以一起逛街买假货的

上班开会,下班吃饭、喝酒。这段时间,我就这样循环往复过着这种生活。

杨小川在整理好自己小卧室里的东西之后,终于正式提出让我搬出主卧。与此同时,他带回家一只大白猫。他问我介不介意他养猫。

我说:"我非常非常喜欢猫,但是,这猫是哪儿来的?"

他说:"你还记得我说过,你来之前有个女生住在我家吗?就是把主卧改造成现在这样的女孩。这是她的猫,她搬走之后,猫没法养了,就先放在我家养了。"

"所以这只猫,到底现在是你的,还是她的?"我问。

"我也不知道。"杨小川说。

"你们到底是什么关系？"

"就是普通朋友。"

我环视四周，主卧的一切都是这个女生曾经住过的痕迹，而且看得出她走得很仓促，所有的衣服、鞋子、小相册、首饰盒，甚至明信片，都还留在这里。

"她会回来拿走这些东西吗？会回来接走这只猫吗？"我问杨小川。

杨小川摇了摇头，说："或许会，或许不会，我真的不知道。"

我去看看飞行箱里的猫，白色长毛，一脸害怕。我说："它叫什么呀？"

"甜甜。"

我看着杨小川把甜甜抱出来，放在自己身上，用自己的头抵着甜甜的头，甜甜很不高兴地转过脸去。

我掏出手机给他们拍了一张照片，才意识到这是我给杨小川拍的第一张照片。

我莫名有一种强烈的感觉，这个时刻会被我牢牢记在脑海中，照片中电视柜的玻璃上有我举着手机反的光，空气干燥，我很渴。毛茸茸的猫和毛茸茸卷发的小川，我见证了他们的第一次亲密接触。

我说："甜甜啊，你的主人不要你了，以后就跟我和小川混吧。小川就是你的新爸爸，我就是，呃，就是……"

小川笑着说："你就是甜甜的仆人。"

"滚！"

除了甜甜，我和杨小川的团结湖日常生活中，还出现了一个新的女孩。

杨小川问我："你认识李速溶吗？"

我说："知道，新闻系的，乐队主唱，跟我们系的小楼在一起。"

杨小川说："她来北京了，就住在我们隔壁小区，今晚约了一起吃饭。"

我一直对李速溶的印象不太好，没有打过交道，单纯只是因为我同系的朋友原本喜欢小楼，但是小楼选择了和她在一起。我一个老为朋友鸣不平的性子，对她会产生天然的排斥。但是很不巧，晚上吃饭前，我说自己要去逛一逛雅秀商场，李速溶马上应和说她也要去。

在杨小川这个组局者不在场的情况下，我被迫和自己当时并不那么喜欢的女生一起去逛街。

李速溶站在雅秀门口等我，黑色的蓬松卷发，一身黑色的麻布长袍，不说话的时候就是高冷女王范儿，一张口却是脑子不太好使的傻大妞儿。而我，一个此时还在努力维系自己天真"萝莉"形象的姑娘，在她面前就是一个纯粹的傻小孩儿。

一趟街逛下来，李速溶展现了和我惊人一致的天赋：蒙、容易被坑、迷路、热情、烂好人。

我俩迅速"情投意合"，彼此智商都低，谁也别嫌弃谁，连续被骗买了好几件衣服，彼此昧着良心夸对方的品位。一瞬间，竟然瞎猫撞上死耗子，我们建立起了深深的友谊。而且，因为她说话太冷，她一说话，别人就很难接话，我决定叫她"李速冻"，而她竟然欣然接受。

等到三人见面吃饭的时候，杨小川惊讶地发现，我已经和李速冻你侬我侬地粘在一起了。

杨小川说："真的不是很懂你们女生的友谊。"

我反驳道："我也真的不是很懂你和一些女生的友谊。"

杨小川问我："那么，你觉得男生和女生之间有纯粹的友谊吗？"

我说："当然。"

杨小川说："呵呵，你开心就好。"

我说："那我们不是纯粹的友谊吗？"

我不知道是因为正好服务员过来上菜，他没有听到这句话，还是他不想回答，总之，我没有得到答案。

而李速冻整个晚上一直在跟我说："杨小川的学长光环去了哪里？他以前在学校，可是会认真教她怎么拍毕业作品的人呀！"

我说："学长光环？他可能自己把光环当成屎吃掉了吧。"

杨小川说："我只是不想再装×而已。另外，加个屎汁排骨怎么样？"

他指着菜单上的豉汁排骨，问我们。

⊘12
交朋友就要交可以一起从天桥上往下尿尿的

高原病了，请假一周不来公司。其实我和杨小川都知道，我们这个公司，是留不住高原这种人的。高原的能力太强，自己在电影圈也有人脉，他没有住公司提供的房子，就是怕离开的时候亏欠公司太多。

对此有所察觉的老板问我："想不想接手高原的剧本？"

我赶紧说："我可以试试。"

我拿到剧本，把开会讨论时制片人和老板很喜欢的我讲的桥段写了进去。

一般我写过的东西，都要经过高原审查之后再递给老板和导演，他会给我提很多意见,告诉我哪里不太好。我没有不服气,只是觉得有些地方和他设计的不一样,我内心其实很渴望老板能够看到我写的东西。但是现在高原请假,我越过了这一环,突然就像脱缰的野马,可以自由地奔驰在草原上了。

我花了很多时间,用了很多自己的感悟去修改和完善高原的剧本。最终,我直接递交给了导演和老板,当然,也抄送给了高原。

交完剧本,一身轻松,我还处于创作灵感蓬勃的兴奋期,就被杨小川拉去了三里屯夜晚的日常堕落局。

这天是贯中久的生日,我和小川买了蛋糕,到达了第一轮狂欢的酒吧。Tom、小A、小A的朋友、两位学长和学姐,还是这些人,只是少了高原。

贯中久作为主角,一晚上都在聊内蒙古、日本、传统射箭和呼伦贝尔草原。从第一个酒吧聊到第三个酒吧,大家已经喝得差不多了。

三轮局里的妹子也来来去去好几个,贯中久和杨小川喝醉了,开始说英语。真的不知道哪里培养出来的毛病,这群男生喝多了就喜欢做两件事,一是说英语,二是去人行天桥上往下尿尿。

虽然我从来没有亲眼见过第二件事发生,但是相信我,他们真的很喜欢做这件事。

这就好比一个朋友契约,两个女孩在一起说男朋友的坏话了,两个男人在一起从人行天桥上往下尿尿了,从此这俩人就是实打实的朋友了。

我困了,也喝得有点多,就趴在桌子上装死人。

小A坐在我对面，贯中久坐在我旁边，小A悄悄地跟贯中久说："久哥，我已经三个月没有性生活了。你要不要考虑一下？"

贯中久说："别，那个……我有女朋友，虽然她在日本，但是……"

小A笑了，又喝了一大杯，挥挥手，指挥所有人，说："散了，散了，今天太晚了。"

我爬起来，假装刚刚什么都没有听见，和所有人一起晃荡出酒吧，刚走两步，杨小川在后面喊了句："喂！喂！贯中久！这个酒吧！你肯定喜欢！"

我们停下来，看见杨小川一脸兴奋地指着一个蒙古包形状的酒吧，上面挂着一个很不显眼的招牌，写着"沧狼白鹭"。

贯中久立马来了精神，央求大家一定要再进去坐坐。生日夜晚听寿星的，我们一行人进入了当晚的第四轮。

进去之后，发现此时酒吧里的人已经寥寥无几，但是有一支蒙古乐队演奏。他们是来人民大会堂表演的少数民族乐队，当天已经表演结束，在喝庆功酒。只是和这位开蒙古包酒吧的老板是朋友，所以他们还在闲散而随意地弹奏演唱着。

贯中久十分兴奋，他热爱内蒙古草原文化简直到了疯魔的地步，拉着内蒙乐队非要他们再演奏一曲。

内蒙古乐队的主唱是一个非常腼腆、长相极为英俊的草原小伙子，他很爽快地答应，然后招呼他的伙伴们一起来，架好乐器，唱了一首蒙古民谣。

很好听。我借着酒劲，想起自己曾经写过一个和草原有关的小故事，思绪随着歌声飘到很远的地方。

一曲唱罢，大家举杯畅饮。其他人在各个地方开始随意地摇摆跳舞，杨小川正抱着贯中久大谈英文，贯中久一直在唱 I Believe I Can Fly（《我相信我能飞》）。

我笑着坐到角落里，默默看着这群狂欢的朋友。发短信给舒平，我问他："睡了吗？有点儿想你了。你想我吗？"

舒平说："在忙。你早点儿睡吧。"

我本来还想回几句，但主唱小哥拎着两瓶啤酒坐在了我面前。他递给我一瓶，用很有磁性的声音说："你是很喜欢听呼麦吧？我看你刚才听到呼麦很高兴的样子。"

我说："对，我想写一个关于草原的故事，构思了很久，但是我没有去过草原，也没有认识过什么内蒙古的朋友。"

他说："我就是在草原出生的，现在也生活在牧民区。除了出来表演，我们平时都接触不到汉族人。汉人很少有真的懂草原文化的，你那个朋友还不错，我挺喜欢他的。"

我说："嗯，贯中久懂得很多。我真希望我和他懂的一样多。你可以跟我说说你们牧民的生活吗？"

主唱说："我们热爱骑马、喝酒、那达慕，那达慕，你知道吗？"

我摇头，主唱站起来，比画了两下蒙古摔跤。

他很兴奋，说起烤全羊、马奶酒，还有围着篝火跳舞。

他想拉着我起来跳舞，我笑着摆手拒绝。我跳起舞来，简直就是肢体功能障碍患者。

他说:"这里太吵了,如果你想聊天,我带你去别的地方。"

我说:"太晚了,我已经很困了。就不去了。"

主唱说:"我明天一早十一点的飞机,每次来演出,都来来去去很匆忙,我从来都没有好好看过北京。你看过北京的清晨吗?看过天安门升国旗吗?"

我说:"没有。"

他歪着头想了想,说:"这样好不好,我们去一个安静的酒吧聊一个小时,然后就坐车去天安门看升国旗。我真的很想交一个汉人女孩朋友。说真的,我一直想知道,男生和女生、汉人和蒙古人之间,到底能不能做真正的朋友。你愿意陪我去看升国旗吗?等你来了草原,我陪你去看老鹰、去骑马!"

我脑子一热,或许是酒精上头,或许是被这种承诺所吸引,总之就是一时冲动,说:"好。"

我走到楼梯上,发现其他几个女孩已经不知去处,我拉住正在喋喋不休说英文的杨小川和贯中久说:"我先走了,那个主唱说他送我。"

杨小川似乎立马清醒了下来,他冷静地看了看四周,为了不让身边其他人听懂,用粤语低声问我:"确定吗?确定要那个主唱送你?"

我说:"确定。"

他继续用粤语说:"你想好了,真的没问题吗?是你清醒地、自愿地跟着他走?"

我心里翻了一个白眼,想着,你以为人人都跟你一样,看见姑娘就想睡觉，我是要代表汉族姑娘去和蒙古族小伙开展精神交流的，短暂的相聚，一辈子的伟大革命友谊。

我摆摆手，对杨小川和贯中久说："我走啦，你们也早点儿回去！"

贯中久还在拿着酒瓶，对着空气絮叨着"I have a dream, to become a black smith..."，根本没有听到我在说什么。

主唱和我走出酒吧，外面很冷，他脱下外套披在我肩膀上。

我说："谢谢。我们去哪儿？"

他拦下一辆出租车，上车后，说了一个听起来像是酒店的名字。

⌀13
越想忘记的事情往往记得越清晰

我问主唱小哥:"我们是要去哪里?"

他说:"去我们住的附近,那里有一些比较安静的酒吧。"

我答应了一声,开始和他在出租车里随意地聊着天。

下了出租车,我们走向了一条安静的小巷子,路过了几个关闭的门脸儿,我也没看清是不是酒吧。他说:"哎呀,可能太晚,没想到都关掉了。"

我说:"那怎么办,要不然我们直接去天安门吧。"

他说:"前面就是我们住的酒店,你冷吗?要不要先上去坐一会儿。我再给你倒点儿热水喝一下醒醒酒。"

我确实很冷,也很渴望喝热水,就点点头和他一起走进了酒店。

走进他的房间,里面是两张单人床,电视自动打开,在播放一些无聊的谈话节目。可能还有其他乐队成员合住吧,我一边烧水,一边问他:"你的朋友们呢?"

他刚要回答,门口响起了敲门声,他的一个乐队朋友回来了。他们在外面用蒙语交流,不知道说了什么,那个朋友就离开了。

我问他:"你朋友是不是住这个房间的?你让他走了?"

他说:"不是,他住在隔壁。他说本来他带着小A也准备回来的,但是小A在车上吐了,他就送小A回家了。他刚刚问我们需不需要喝酒,他的房间里还有很多啤酒。"

我说:"不用了。"

他坐在另外一张单人床上,说:"我也不想再喝酒了。"

等着热水烧开,我们就这样沉默地看着电视,气氛有点儿诡异,有点儿尴尬,这似乎和我原本预计的故事走向完全背道而驰。我和一个刚刚认识不到两小时的男人坐在一个酒店的房间里,而且,我真的太困了。

水烧开了,很烫。困意像龙卷风一样袭来。我斜靠在床上,盖上被子,昏昏沉沉,只觉得自己快要睡去。

他关了电视,房间里面更加安静。他说:"睡吧,我也很困了。"

我问他:"要不要定闹钟,看升国旗?"

他说:"不看了,你好好睡吧。"

我半眯着眼睛,看见他脱掉外套、外裤,爬到另外一张床上躺下。

"嗯,那晚安。"我说完,只觉得大脑死机了一样,瞬间昏昏了过去。

但是蒙眬中，他关了灯，从自己的床上爬到了我的床上。他正轻轻地掀开我的被角，我吓得一个激灵醒了过来。

我说："你干吗？"

他说："没什么，你放心，我不会碰你的，我只想抱着你睡觉。"

我说："你别动，我有男朋友。我只是把你当朋友，你是不是误会了？"他隔着被子紧紧地抱住我，想要强行吻我，我挣扎地用被子把自己的全身裹起来，他只能亲到我的额头和头发。当他的皮肤接触到我的皮肤，我开始不可遏止地反胃，觉得恶心。

我吓得全身发抖，不知道该如何是好，他像哄小朋友一样哄着我说："别担心，别担心，我只是想抱抱你。我很冷，你让我也到被子里面来好不好？"

我一直摇头，我说："不行！不行！你在干什么？你误会了，我不是你想的那样。我觉得你是个很好的人，我只是想跟你交个朋友。"

他一边安抚我，一边继续动手动脚，说："我不是什么很好的人，我只是个喜欢你的男人。你有男朋友吗？你把我当成他不就好了？"

我挣扎、反抗，用近乎哀求的语气跟他说："你放过我吧，我不应该来这里的，对不起，是我做错了。"

我开始哭，哭得很大声，他被吓到了，停止了强硬地把我搂在怀里的动作。

我趁机跳出被子，一个箭步冲向房间的门，拿起门旁边的包，毫不犹豫地冲出了房间，一直跑到酒店门口才敢停下来看看，发现他并没有追上来。

我走了很远的路，从小巷子里走出来，回到大马路上，天边才开始出现鱼肚白,这一路上我什么都不敢想,只觉得眼前一片模糊,全身冷得发抖。

等我拦到出租车,上车坐在温暖的暖气中,跟司机说完"去团结湖",我才被愧疚、羞辱、愤怒、恐惧、心痛和后怕所袭击。一阵眩晕之后,我掏出手机,翻出男朋友舒平的电话,但是最终没有按下拨打键。

司机从后视镜里默默地看着他的乘客——一个双手抱紧自己的女孩,不知为何,哭得那么伤心、那么崩溃,像是要把心脏撕裂了一般。

⊘14

"你咋咧"是瓦解一切悲伤情景的破坏之神

我哆哆嗦嗦地回到团结湖前,收到了一条来自主唱的短信。他说:"其实我没有想要吓到你,你这样的反应让我也很意外。希望我们之后还可以再做朋友。"

我回到家,删掉主唱的联系方式和短信,再三思量,还是敲了敲主卧的门。杨小川半梦半醒地爬起来,贯中久也在。贯中久住在通州,有时候太晚结束饭局,他就会住在小川这里。

我眼眶红红的,坐在沙发上,甜甜在我的脚边趴下来,蜷起身子睡觉,我说:"我跟你们说件事,你们不要告诉别人。"

杨小川哑着嗓子,故意用河南话说:"你咋咧?"

我"噗"地笑出声，不知为何，觉得自己一点儿都不想再哭了。

我说："没跟你开玩笑！差点儿就完了！幸好我跑得跟兔子一样快！"

我一五一十地告诉杨小川和贯中久刚刚发生了什么，但是在小川"你咋咧"的开场白下，整个描述都显得十分诙谐，大概就是我和一个草原汉子斗智斗勇，逃离犯罪现场的喜剧故事。

贯中久说："你什么时候跟他走的？我怎么没看到。"

小川说："你连你怎么跟我回来的都不知道了吧？"

我终于忍不住笑了起来。

小川突然严肃地对我说："我当时问你是不是想清楚要跟他走，就是问你是不是想清楚要跟他上床了。一个女生，在酒吧愿意跟一个男生走，基本就是表露出了'我是愿意的'这个信息。"

我说："所以所有男人都这样认为吗？可是他说他要跟我一起看升国旗。"

贯中久说："太可怕了，你怎么会相信这种话？一个男人如果不想上你，根本不会约你去看升国旗。谁这么闲着没事不睡觉看升国旗啊！"

我喊道："你们男人真是下半身思考的动物！"

小川说："你现在不是学生了，出门在外没人保护你，你就要保护好你自己，你不想再发生这类误会，就要了解成人世界的游戏规则。其实这个男生人已经挺好的了。你想想看，你一个女孩，在他的房间，他要是真的打算干什么，任凭你怎么反抗，你都不太可能跑出来的。"

我点点头，说："还好我运气好。"

小川接着说:"这一次是运气好,但是没有人次次都运气好。你要做出任何决定,就要想好这个决定会带来的后果,不是以自己的标准来想,而是以普遍的标准来想。"

我说:"所以我跟你说我要走的时候,你以为我喜欢那个男生,愿意和他干点儿什么?"

小川说:"对,这很正常。"

我说:"我在你心里是这种人吗!你知道我有男朋友的呀!"

贯中久说:"So?"

杨小川说:"这和我了不了解你没关系,你怎么打算处理你的情感问题,谁也无权干涉。不过,你都这么坚持了,那我下次就知道了,多提醒你,也不会让其他男生把你带走了。你以后还是跟我一起走。"

贯中久还在说着:"唉,太可怕了,你不是以前在学校还说就喜欢草原小王子吗?人家这不就是草原小王子嘛!太可怕了,太可怕了,人家肯定也觉得你太可怕了,他就想好好地来北京泡个妞儿,都带回酒店了,结果这么雷。"

我踹了贯中久一脚,说:"睡吧,下午还要上班。"

我回到小卧室里躺下,有种莫名的失落。这段时间在北京灯红酒绿的夜晚腐败生活,似乎像泡沫一样被吹破。

阳光已经透过窗户完全散落在我的被子上,我合上眼睛,进入无梦的很沉的昏睡。

那时候,我以为一切都已经归于平静,却没想到在接下来的那个下午,公司里还有更无法面对的事情在等着我。

⊘15
工作压力很大,我此时只想吃一个蛋糕

下午去上班,高原回了公司,他真的很憔悴,我猜他一定是生了病还在写其他的项目剧本。

我想起高原说过,他经常坐出租车从一个会议赶往另外一个会议,新的思路只能在出租车上想好,午饭和晚饭也只能在出租车上解决。

作为一个编剧,他这么努力,成长得这么快,而我前一天晚上还在犯蠢要跟一个刚认识两小时的男生回酒店。想到这些,我就恨不得去吃屎。

导演、制片人和老板今天都到了,大家围坐在一起,开始讨论我新提交的一版剧本。我心里很渴望有人能看出我所做的改动和努

力,给我一点儿小小的肯定。但是事与愿违,制片人对我的改动很不满,导演也说自己不喜欢。最后,我把目光投向高原和杨小川。

高原说:"这些完全是我没有参与过的讨论,所以我不知道为什么现在被改成了这个样子。"而杨小川低头晃了晃他的咖啡杯,咕咚一口喝完,一言不发。

那么,就是没人救我了!

我只好打起十二分的精神,迎接导演和制片人的轰炸。还好,我见识过高原和他们怎样周旋,心里也有所准备,不会完全乱了阵脚。

晚上休会的时候,高原叫我去他办公室聊聊。我心里一暖,哎,学长一定是要给我鼓励了,学长,请你放心,我不会这么容易被打垮的!

结果我走进去,高原表情很严肃地看着我,从未有过的严肃。

高原说:"我问你,你改剧本,为什么没有把所有的改动标记出来?"

我愣了愣,根本没有反应过来。

我说:"我有把自己写的全部标红。"

高原指着电脑屏幕对我说:"你这里是不是删减了我的几句台词?"

我说:"是的。"

高原:"为什么没有标出,删减了什么?"

我说:"因为制片人说,这里可能对话太多,文戏拖节奏,导演也认可,所以我就……"

高原语气强硬地说:"你以后要记住,不管改什么,哪怕是一个标点符号,都要标记出自己的修改痕迹。制片人说这里拖戏,你就删掉,但是这里是我设计的,我这样设计是为了给后面的一场武戏埋下伏笔。导演同意,可能他对这里没有太注意,而你不是这部剧本的第一稿编剧,你不过问我,就擅自删减,而我拿到你发的剧本,根本对你改了什么无从得知。这样下去,这个剧本就乱套了。"

我低着头,不知道该怎么面对高原。我只好用蚊子一样细小的声音说:"对不起,学长,我下次不会再这样了。"

高原说:"以后你改剧本,还是要先发给我,我看完之后,再发给所有人吧。你现在还不具备独立写剧本的能力,尤其是写对白的能力。"

我说:"好的。"我转身走出办公室,觉得心里很难受。高原倒不至于讨厌我,但是他的语气和态度分明已经是对我很不耐烦了。

其实我也知道,刚刚开始工作,我又急于证明自己的能力,犯错在所难免。然而,所有人说我、责备我,我都可以承受,唯独是我一直以来引以为榜样的高原说我,我无法接受。

他对我的这些评价,让我觉得无所适从。我自认为所做的一切都是开会中自己理解到的导演的意思,却忽略了这些意见会随时改变,也会随时被导演推翻。

当时的我,固执地认为,同样的修改方案,只是因为是我提交的而不是高原的,所以才会被一而再再而三地被质疑。

⊘16
越是距离自己很远的女孩，越是喜欢，所以她最好住在火星

这天晚上，高原组饭局，我没有去，杨小川也没有去。我和小川叫了外卖。吃完饭，我坐在落地窗前死磕剧本，他关上自己办公室的门，不知道在干什么。

相对无言，我写到十一点，敲了敲他的门，问他在干吗，要不要回家。他头也不抬地说："快弄完了，如果你不着急的话就等等我，看看电影。"他打开自己的另外一台台式电脑，里面有无数部电影。

我问他："这是不是你以前在学校就用的那台电脑，一直放在学校 Studio 的录音室里的那台？"

他说："是的，就是那台。"

我说:"小川,你记得吗?我在学校里其实跟你说过话。当时我看到这台电脑,桌面的图标很特别,'我的电脑'是一个唱片机,'我的文档'是一个放映机。我问是不是你的电脑,能不能把这些桌面皮肤拷给我。"

小川摇摇头说:"不记得了。"

他继续做他的剪辑,似乎是一些采访的合集。我转过头去,点开他的文档,选了一部王家卫的《蓝莓之夜》,认真地看了起来。

可能是因为之前的二十四小时发生了太多事情,也可能是因为发生了如此多事情之后,我发现自己更加无法和舒平叙说自己的状况,《蓝莓之夜》这部并不算公认优秀的王家卫电影,我却哭着看完了。

印象最深刻的就是那句该如何对你不想说再见的人说再见。"我没有说再见,什么也没说,就这样走了。在那夜结束时,我决定试着用最长的方式过马路。"

小川没有说什么,但是我知道他发现我很沉默地哭着。小川有一个优点,就是如果别人不愿意多说的事情,他从来不会多问。

看完电影,用完一包抽纸,我终于让心情平缓了下来。我故作轻松地伸着懒腰,问他:"回家吗?弄完了吗?"

小川说:"嗯,差不多了。"

我说:"你在做什么?"

小川说:"你还记得那个我让你送花的樱桃吗?"

我说:"记得。"

小川说:"她在英国念书,十一是她的生日,我已经买好了票,订了她学校对面的酒店,准备去英国看她,想给她一个惊喜。"

我说:"不是吧?你竟然还在追她?我以为上次就已经结束了。"

小川说:"也不是追吧,就是……唉,没办法。"

我问:"那你现在在做的东西和她有什么关系?"

小川说:"是我打算给她的生日礼物。从南到北,找到那些樱桃在学校曾经最好的朋友和家人,录制了视频祝福。我拍了学校、她的城市,剪辑成一个小的短片。"

我目瞪口呆,说:"小川,你真的会玩儿。所以,你刚刚给我看那些电影合集该不会也是要一起送给她的?好多都很合女生口味,什么《唐顿庄园》,一看就不是你自己会看的。"

小川说:"嗯,那些是我的备份。她离开的时候,我就送了她一个硬盘,里面装满了我猜她会喜欢的电影和电视剧,因为好像在英国下载这些都不方便。"

我简直要昏倒了,我真是没见过一个人追妹子追得这么用心、这么傻。

我说:"来来,你就一次性都说了吧,除了这些傻事,你还干过什么,还打算干什么?"

小川笑了,说:"你知道你来北京的时候,我为什么回家吗?因为我听说樱桃在香港和朋友毕业旅行,会坐游轮出海,所以我也跑去了香港,登上了游轮,想跟她偶遇。但是,我上的是另外一艘游轮。"

我笑得差点儿翻过去。

我说:"你……哈哈哈哈哈哈……实力蒙啊。请你告诉我,杨小川同志,为了装×,你还有什么事情干不出来?"

杨小川想了想，补充道："我还打算到了伦敦就租一辆摩托车，骑八个小时去她的城市。"

我望着杨小川，他专注，认真，一副"即便天打雷劈，我都要追你"的神情。我问他："如果你这次去了英国，她答应和你在一起了，你打算怎么办？"

他说："那我就辞职，去英国找工作，当陪读。"

我叹了口气，说："唉，那我就可惨了，就没有免费的摩托车坐着上班了。"

⊘17

一旦被恶灵附体,你就算挥舞斧头都砍不掉他

因为杨小川告诉了我他要追樱桃的事情,所以从某种意义上说,我觉得他已经把我当成朋友了。我把那张他第一次抱起甜甜的照片发给他,说:"甜甜很可爱,看我拍的是不是很好?"

杨小川对这张照片很满意,我注意到他调色调了很久,然后发了Instagram,我很开心地打开Instagram准备点赞,却发现他把电视机柜里我的倒影修掉了。

我抚平了一下自己的心情,对自己说,嗯,他只是不想有别人知道我和他住在一起。

是很丢人吗?我作为一个室友红娘,耐心帮你分析妹子的喜好,在珠海帮你送过花,在北京帮你挡过烂桃花(其实没挡过,但是需要挡我肯定义不容辞),如今你就这样对我?

我很生气,心想,我为什么总是要把自己和他绑在一起,我有手有脚,我要去找别人!

我翻出电话本,叫了贯中久和李速溶出来,和他们去团结湖的一家饭馆吃晚饭。

贯中久说:"这家店被我们取名叫'崔红潮',因为杨小川发现这家店的老板的儿子叫崔红潮。你看,就是那个小胖子,特别雷,光着屁股到处跑。"

我把头转过去不想看,虽然那个小胖子真的太好笑了。但是为什么我安静吃个饭,也要听到杨小川的名字?

我问李速溶:"最近工作怎么样?"

李速溶头摇得像拨浪鼓一样,说:"我的天哪,我一个摇滚女主唱,去××电视台上班,体制内工作,你觉得能怎么样?还能怎么样?"

我说:"摇滚女主唱,那为什么你毕业时的摇滚纪录片不拍了?"

李速溶说:"我的摄影师顺西拍着拍着回老家结婚生孩子去了。"

我叫了起来:"原来顺西也帮你拍毕业作品,他也是我的毕业作品摄影师。"

李速溶点点头说:"不知道杨小川十一有没有空,我还想回武汉拍几个镜头,到时候喊你们一起去拍着玩呀。"

为什么又聊回了杨小川?!脑壳都炸了!

我耐着性子说:"他去不了,他要去英国追妹子了。我也去不了,我可能要回趟珠海。"

李速溶说:"嗯,去看男朋友吧?"

我刚想接过话题,多聊聊自己的男朋友,贯中久接起了一通电话后,打断我说:"条子带着安娜请我们吃消夜,杨小川也去。"

噢,我想哭,我为什么就连一个晚上都逃脱不了杨小川?!

⌀18
**干涉情侣之间的感情是很危险的,背后偷偷议论一下就好,
不要当别人面说**

  条子和安娜都是我的同学,他们是情侣。只不过在学校的时候,以乱七八糟小团体为分割线,他们与我的交集止步在 Studio,我围观过安娜坐在条子的腿上剪毕业作品。
  其实更早的时候,安娜和小川是同一届的,是李轲学长的女朋友——我要是没记错——她也以同样的姿势坐在李轲的腿上剪片。
  而条子的校内网里还留着 2011 年李轲学长毕业时,他作为好友给李轲和安娜拍的合照。而条子 2011 年的女朋友,是安娜那时的好朋友。

嗯，Gossip Girl（《绯闻女孩》）现场直播版，说起来很复杂，但是其实也很简单，就是条子和安娜都和自己好朋友的另一半在一起了。

条子带着安娜，首次和我们这一大拨儿同学见面，目的很明显。条子是北京人，安娜是西北人。刚刚来到北京，安娜没有多少朋友，条子带她出来和大家吃消夜，就是希望安娜能够多和北京这些朋友接触，以后留在北京不会太孤单。

条子此时还骑着一辆"大龟王"，就是疑似电动车的白色摩托踏板。他清瘦，稚嫩，穿着极其朴实，没记错的话，应该是绿色的国安运动服和优衣库的哈伦裤。

而安娜毕业后染了新发色，烫了小卷，化了精致的妆，在已经变冷的北京的初秋，还穿着黑色的无袖蕾丝连衣裙和细高跟凉鞋，整体上非常有北京大妞儿的气质，比我们在座的所有女孩（也就我和李速溶）要美艳成熟得多。

安娜和我们在工体吃三样菜的时候，轻声抱怨了几句，说骑摩托车太冷，以及大龟王的后座真的太不舒服。而另外一边，条子还在兴致勃勃地跟贯中久和杨小川计划着周末带安娜去香山公园，去北海，最后再回到团结湖和大家去吃川菜。

那个时候我就隐隐觉得，安娜适合工体，却不适合北京。她适合灯红酒绿，开着小跑车做大西北叱咤风云的白富美一姐，却不适合坐在条子的大龟后座，跟着他去爬香山，吃川菜。

但是有什么问题呢？他们还是在一起了。他们此时此刻相爱，哪怕心里有所顾虑，半夜醒来时脑子里会突然蹦出一行大字："这不是我想要的生活!"

我叹了口气,发信息给舒平说:"虽然很多恋人现在看似朝夕相处,但是他们貌合神离,虽然很多恋人天各一方,但是他们心有灵犀。"

舒平还没回复我,但是我能想到,等他不太忙了,打开手机,看到这条矫情的信息,肯定会露出他那种有点儿宠溺的轻笑,如果我在他面前,他大概会用一种看着幼稚儿童的语气说:"笨蛋。"

几分钟后,我收到了他的回复,两个字:"笨蛋。"

猜测他对我所有行为的反应,是我自娱自乐的一种习惯。大部分时候,我得到了猜测正确的回馈,就会像巴普洛夫的狗啃到了奖励的骨头一样,开心地摇起了尾巴。

饭局结束,我跟着杨小川去他停摩托车的地方。我问他:"你觉得条子和安娜怎么样?能长久吗?"

杨小川说:"不可能。"

我点点头,旁观者清。我内心犹豫了一下,还是开口:"你觉得我和我男朋友,能长久吗?"

杨小川看了看我,说:"你是不是说过你男朋友是审计,对你很好,而且以后会来北京?"

我说:"是的。"

杨小川:"那也不可能。"

这人是不是脑子有屎,我很惊讶地说:"你干吗这么说?"

杨小川说:"你不是说了嘛,你现在还是处女。"

我说:"那又怎样?"

杨小川说:"你们在一起多久了?"

我说:"快两年。"

杨小川说:"住在一起过吗?"

我说:"我一直住在他家里。"

杨小川说:"那不就结了,他不爱你,要不然他是 gay(男同性恋),没戏!"

我还想继续辩驳,杨小川已经跨上摩托,开始启动。他把头盔递给我,我戴上头盔,只想把自己多说无益的嘴巴闭起来。

我为什么要让一个连发图都把我的倒影修掉的、根本不在乎我的男生来指指点点我最重要的爱人!

我这个大傻瓜!

⊘19
不好好努力的人生跟狗屎有什么区别

　　随着出行去英国看樱桃学妹的日期越来越临近，杨小川高兴得天天跟打了鸡血一样，亢奋地处于无休止地干活儿状态。正好公司老板和导演有事离开了北京，他可以接一个工作量巨大的私活儿在家做——剪辑一部院线电影的幕后纪录片。

　　给他这项工作的是一个我从未与之说过话的学长 JC，我十分喜欢他的毕业作品。JC 是这部院线电影的导演助理，从我客观的角度看来，他、TOM 和高原，是第一届电影系所有毕业生里混得最好的三位了。

　　杨小川说这是他来北京后接到的第一个大活儿，所以他要做好。他去超市买了几十袋各种丸子，开始了每天吃丸子、干剪辑的工作。

每天，他一睡醒就开始坐在电脑前面挑素材、做标记、剪辑，饿了就煮点儿丸子吃，边吃边继续挑素材。从醒来工作到睡觉，完全没有停止过一分钟。

我觉得他一定很累，但是真的很开心，因为这不仅是他接到的第一个大活儿，也是为他去英国攒路费的一个资金来源。

在杨小川昏天黑地地剪辑幕后纪录片的时候，我发觉自己也干了一件大事。我坐地铁的时候，看到了一家英语培训的广告。嗯，老罗英语培训。

海报上有行小字写着，"和不依不饶的人在一起，你下定决心的可能性会大一些。"

舒平很喜欢老罗，我曾经在他家和他一起深夜看完了两部老罗的演讲。他看完之后，接连几天都在重复老罗说过的一些经典语录。

我告诉舒平，我要去上老罗的英语培训班，我想好好学英语。

他很高兴，说："很好啊，你可以看见罗胖胖了。记得帮我要签名。"

那个时候，其实除了雅思成绩，我其他的出国资料都已经准备好了。我咨询过中介，如果想去英国学编剧或者戏文相关的专业，雅思成绩最好到7，虽然大学时代我的英文一直都还不错，但是要考到7，我的心里着实没底。

看到杨小川为了可以攒钱去英国（虽然是追妹子），每天在家除了吃丸子就是拼命工作，我突然觉得自己生活得很乏味，没有目标，也缺乏动力。

我曾经希望以北京为跳板，企图在工作一年的异地恋缓和期之后，再决定是否去英国留学。可是，我想去英国，却没有任何付出，空口无凭,这样的人,有什么资格说自己想去英国念书?

但是当我告诉杨小川我要去海淀区上老罗的英语课时,他从电脑屏幕后方抬起眼皮,看着我说:"没什么用的。"

我说:"为什么你老是要鄙视我的一些决定?"

他说:"因为你根本不会去的,距离我们住的地方太远。你要是真想好好学英语,你自己在家、在车上、在拉屎的时候,就学了。"

我说:"我会去的!我已经报名了,我以后每天下班都会去!我会好好去学英语,然后我明年会去英国念书!而且我会去伦敦!所以根本不要你这次帮我带剑桥包了。"

杨小川笑了,仍然是十分"傲娇"的态度:"我连剑桥包是什么都不知道,你觉得我会给你带吗?"

我分辨不出来他是开玩笑还是认真的,总之,他对我进行例行打击之后,又埋头去整理他的素材去了。

我气鼓鼓地去抱甜甜,企图从甜甜身上得到一些安慰,甜甜却像鱼一样的从我怀里滑了出去。

于是,我在日记本里恶狠狠地写道:"我要好好学英语,我要去伦敦,我要成为能够用英文写作的大编剧,噢,我还要自己再养一只能够抱起来的我自己的猫!"

舒平很喜欢猫,我常常发甜甜的照片给他看。聊起猫来,我们总是能够聊很久,他有时候会半夜给我打电话,让我叫甜甜,而如果甜甜回应似的在我床尾喵了一声,舒平会在电话那头笑得像个孩子一样开心。

"总有一天,我还是要和舒平一起开一家书店,或许就开在伦敦,然后养一只我们的猫。"我继续在日记本里写道。

　　午后的阳光透过玻璃窗照射到我的桌子上,我陷入白日梦和一种安心的幻想。我真切地相信这一天会来,虽然并不知道是何时。我感受到梦想的力量,这让我产生一种幻觉,仿佛自己已经变得坚强而努力。

You Are My Perfect Baby

PART 2
团结湖的小红楼

⌀20

在我发疯要蹦极的时候,一定要抓住我的脚脖子

小川去英国了。

Instagram 上实时更新着他骑着复古摩托车环行英国的旅途照片。而自从他离开,我们几乎也就断了联系。

小川不在家的这段时间,我发觉自己一个人住在红砖小房子里,惊人地轻松愉快。没有人要每天对我做出一副教育者的模样,没有人来跟我分析人生、分析前途、分析世界。我想做什么就做什么,三天不见上房揭瓦,有种暑假被单独扔在家里的小朋友被解放天性的感觉。

这是与爱猫甜甜欢乐共度的国庆佳节。而就在这几天,丁丁猫终于在我的鼓动下,来北京了。

丁丁猫,一个我无法描述、无法定义的女孩,大概特点就是很黑,以及在我眼里永远最美。我写过一个关于她的故事。

我的心里有个玻璃瓶。玻璃瓶里面住着自己的小人儿。玻璃小人儿很害怕接触外面的社会,所以她一般都不会出现。只有我深爱的人才能看到我的玻璃瓶和瓶子里的小人儿。

每个知道她存在的人都对她说,出来吧,做你自己。玻璃小人儿在我短短的人生中只出来过那么几次,每次都是被伤害得鲜血淋淋地退回到玻璃瓶里去。次数多了,我决定把玻璃瓶涂成了黑色,别人看不到她,她也看不到别人。

我把玻璃瓶扔到大海里去,决定让她慢慢死在海底,也不能再放她出来。

直到我遇到一个朋友。她找到我的玻璃瓶,敲敲我的黑色瓶子,问里面的小人儿愿不愿意出来和她玩。她说她也有一个玻璃小人儿,那个小人儿只在她喝醉的时候出现。

于是,在某次喝醉的情况下,两个小人儿终于出来相见。那是一个值得纪念的时刻,就像一个关在监狱被判无期徒刑的人突然被放了出来,在大马路上牵着另外一个人的手撒腿狂奔,内心充满重获自由的喜悦。

她们相互理解彼此诡异的行为,绝不评价和判断对方的一切,即使有些时候不能够理解,也无条件支持对方的选择。

I know you are a bad girl, but I still love you. (我知道你是个坏女孩,但我仍然爱你。)

其实我和她并不是相互鼓励，给予正能量，带彼此走出人生困境，一起奋斗的伙伴。说穿了，我们两个都是虚无主义者。

在人生目标定位为寻找"明明知道生活毫无意义，却仍然要为之奋斗下去"的英雄梦想的过程中，我和她发现自己都不是这类悲剧性的英雄。

然而，我们的友谊并不是促使我们找到自己所要，而是即使你做不了英雄，我也做不了英雄，我们都让自己失望了，我们还是爱对方。

如果上面我说得太复杂了，有些人看不懂，我换种浅显的表达方式：

有一天，我看到一个很弱智的游戏，就发信息给丁丁猫。

我说："跟我说一句话，证明自己是个逗比。醒了就回答我。"

她回答："一句话。"

还有一句："我爱你。"

这个跟我说过"我爱你"的女孩来北京了，她就躺在我旁边，我们挤在一米二的小床上。

丁丁猫也是来学英语的，全家马上就要移民加拿大了。在丁丁猫来北京之前，我不知好歹地在贯中久面前提了好几次，说："你信不信，丁丁猫这么酷的女孩，其实才是你的真爱？"

贯中久对我这种把戏嗤之以鼻。他说："应该说，搞不好我是丁丁猫的真爱。"

我真的是脑袋有根筋搭错了，如果一切重来，我真希望我从没有说过那些玩笑话。

⌀21
坐在书柜上看风景的不是玩具就是变态狂

丁丁猫和我拉着手去"崔红潮"吃饭,就是那家有小胖子的餐馆。我跟她介绍光屁股的老板儿子和老是被杨小川叫作屎汁排骨的豉汁排骨。

丁丁猫说:"北京很好,阳光灿烂,干燥。在珠海,我们那地方的地板永远都积着一层水,潮得我都长湿疹了。"

我说:"你们宿舍真的太潮了,你毕业的时候先走,我去给你收拾剩下的东西,你的被子湿得好像被人尿过一样。"

丁丁猫咯咯咯地笑起来,因为她的到来,我突然觉得北京变成了一个不同的城市,好像前途也明朗了起来,而自己已经拥有了可以依靠的地方。

我央求她,别这么快跟着家人移民,留在北京工作一年,然后和我一起去英国念研究生。

丁丁猫是一个有选择困难综合征的人,连吃什么都要想很久很久,我不指望她来北京第一天就能够做出自己接下来要干什么这样重大的人生决定。

我们先去给她租房子吧!

这是我第一次在北京找中介租房的经历,而且选择范围很小,丁丁猫要住在离地铁站和我住的地方相对距离最近的地方。

我和她各自坐在中介的电动车后座上,我仰着脸看到团结湖这片小区,看着从道路两旁的树木缝隙里露出的阳光,一晃神就有种在波光粼粼的湖面上游船的错觉。我和丁丁猫像是坐在两艘小快艇上,穿梭在繁忙的白家庄口岸。

看了十几栋之后,仍然没有遇到满意的房子。我想起杨小川,想起贯中久,想起高原,他们刚来北京的时候,是不是也曾这样,坐在中介销售员的电动车后座,去打开一扇又一扇门,窥探已经被使用过很多年的斑驳的房子,在几分钟之后决定自己要不要拎着行李住进来,让这里成为承载自己在北京的记忆的一个重要容器。

看房子很疲惫,我们消耗了大量的体力。最后回到家,两个人四仰八叉地躺在沙发上。

我了无生气地说:"今晚还约了李速溶和贯中久去三里屯吃晚饭,明天还要再看一天房子,我已经要崩溃了。"

丁丁猫发出哀号,说:"明天不看了,我就住那家有老鼠屎味的次卧好了。"

我说:"你都说了有老鼠屎味,而且是最贵的一家,我觉得一个十几平方米的次卧 2800 块真的不值得。"

丁丁猫说:"那我也不想再看房子了。我再也不想看房子了。"

我给中介打完电话,告诉半死不活的丁丁猫,明天我们还是得看房,"老鼠屎次卧"已经被别人租走了。

"连老鼠屎次卧都这么抢手!真是没天理啊!"

丁丁猫一边打滚,一边呜呜呜地哀号。

"走吧。"我站起来用手指弹了一下丁丁猫的屁股。她的屁股很翘,很怕被弹,一瞬间,她像炸裂一样弹坐起来。

我说:"走吧,有好吃的在等着你。"

丁丁猫每次想起好吃的,都会露出轻微又神秘的智障感,她嘿嘿嘿地傻笑着去穿鞋,而我只要看见她这样,自己的小圆脸就忍不住露出微笑。

贯中久到得很早,他此时还是无所事事的纯正北漂,刚刚剪完一个数字电影的全片,好像是《叫×××的女人》,一听就很可怕的样子。他完全收敛了大学时代做那些热血小短片、魔幻现实主义的才华。

丁丁猫在大学时给贯中久做过毕业作品的场记,这次见面,贯中久就问她:"我的毕业作品的场记本,你是不是到现在都还没给我?"

丁丁猫嗯嗯啊啊半天,说:"你的毕业作品不是都剪完了放到网上了,现在才想起来找我要场记本?我要是说我弄丢了,怎么办?"

贯中久说:"那就用别的方法偿还我的场记本。"

我赶紧打岔:"你不是最近都在画画吗,画了什么可以看的?"

贯中久拿出他的手机,里面有一些画得线条很粗但是很有特色的古代士兵图。

我说:"你要不要考虑来我们公司上班?我们老板一直说缺一个分镜师,导演是做摄影出身的,更习惯用画面去表达故事。"

贯中久觉得这个提议挺好,他现在闲着也是闲着,去上班画画分镜概念图,还可以有一个稳定工作,给自己去日本看女朋友办签证开在职证明,于是一拍大腿,决定去我们公司应聘。

我的脑海里响起杨小川的话:"我之前没有答应介绍你来我们公司,是因为我对你不太了解,也觉得我们公司并不一定能够给你想要的,介绍工作这件事的责任太大,高原和我之前介绍来的女孩,做了不到三个月就走了,这件事让我们都很尴尬。"

虽然我对杨小川这种独善其身的行为嗤之以鼻,但还是提醒贯中久:"如果你来我们公司,一定要做满合约期再走,不然就先不要考虑找工作。"

贯中久想了想,答应了我。

丁丁猫在一旁听着,闹着说:"那我也去你们公司当编剧或者剪辑助理吧,实在不行,做茶水小妹也可以。"

我翻了翻白眼,说:"你大学的时候一个五分钟短片剧本写了几个月,你还记得吗?"

丁丁猫笑了:"有道理,我去可能会拖垮你们公司,我是拖延症晚期患者。"

我说:"你还是好好先学英语,再看看之后要做什么吧。"

在贯中久去洗手间、李速溶还处于加班状态的时候,丁丁猫问我:"你觉得贯中久怎么样?"

我说:"哪里怎么样了?"

她说:"没什么,随便问问。对了,你和杨小川住在一起,舒平知道了没关系吗?"

我回答:"他知道,因为是公司安排住在一起的,所以没关系。他觉得杨小川很可爱,跟甜甜长得很像。"

丁丁猫严肃地想了一会儿:"是的,真的和甜甜长得很像。大学的时候,经常在 Studio 通宵的时候看看小川和他那时候的女朋友,他那头长卷发,真的很像长毛猫。"

∅22

年轻人最大的敌人是睡懒觉和流浪猫

  十一期间,我一直昏昏沉沉的,睡得连自己姓什么都快不知道了。一转身,看见一只和甜甜长得一模一样的大白猫正站在桌子上望着我,但它不是甜甜。

  我用我刚刚睡醒、缓慢运转的脑壳回忆了一下,才想起几天前一直在外地跟组的斯斯回来了,我在她家里玩。

  斯斯是北京人,住在天安门附近。能住在天安门附近,不由得让我对她的家世肃然起敬。

  然而,她还是一副要死要活的逗比样,完全没有其他人幻想中皇城姑娘的娇气。她曾经一个人扛着三脚架和大摄影机外加斯坦尼康，走街串巷，然后只允许我拎一根麦秆，说"怕你弄坏了器材"。

我跟斯斯一见面，就开始跟她说她不在北京的这一个多月发生了如何多的事情。

丁丁猫来了北京，在累吐血的看房之行后终于找到了房子。

杨小川去英国骑着摩托车追妹子了，至今生死未卜。

贯中久在我的介绍下，来了 movie house 工作。

条子把"大龟王"换成了"大地鹰王"，又换成了帕萨特，但是他的女朋友安娜还是不肯留在北京工作，已经回了西北开始万恶的异地恋。

而我开始学英语了，我还没有放弃去英国读研究生的愿望。

以及甜甜。一个素未谋面的曾经住在杨小川主卧的女孩，扔下了她的所有东西在那个红砖小楼里，包括一只白色长毛猫咪。

我说得很起劲，绘声绘色，连比画带表演，斯斯听得兴高采烈的。她打断我，指着她楼下垃圾道上蹲着的一只长毛白猫说："甜甜是不是就长这样？"

然后我一看，惊呆了！

即使把眼睛揉瞎，我也能够确定，那不是甜甜，但是真的和甜甜长得一模一样，唯独脏了很多。

我走过去，蹲下来唤："咪咪，咪咪。"

脏版甜甜丝毫没有犹豫地扑到我的手边，一边叫着，一边使劲用头蹭我的手，用身体蹭我的腿。

斯斯说："你被它打劫了。"

我此时云里雾里，不知怎的，就经受不住这只流浪小妖精的诱惑，蹲下来把它抱了起来。它暖暖地窝在我的怀里,我一点儿也不嫌弃它脏。

看了医生,打完疫苗,我把它带回家洗澡。那位女医生一直在对它说"good girl, good girl",我心里嘀咕着,猫真的听得懂英文吗?

回忆完毕,我从床上爬起来,摸了摸蹲在我面前的这只野猫,之所以没有反应过来,是因为刚抱它回家的前三天我根本就见不到它。

它一直蹲在床底下,也完全不和甜甜或者我互动,连逗猫棒都喊不出来,要不是每天看床边的食盆里有猫粮减少,我都意识不到自己多养了一只猫。

它此刻居高临下地跟我对视着,桀骜不驯的样子,完全不是当时那只扑到我怀里撒娇的小可爱。我完全被讹了。

我正在想着以什么姿势再去摸摸它,外面突然传来铁门被打开的声音,是杨小川拖着行李回来了。

甜甜飞奔着去迎接他,而我的猫只是呆呆地顺着我的视线望过去,卧室门口站着一身疲惫铩羽而归的杨小川。

"回来啦?妹子追到了吗?"我打趣地问他。

杨小川说:"晚上喝酒的时候,等大家都到了再说吧。"

"看你这副死样子,肯定就是没什么好结果了。"

杨小川没有回答我,而是指着那只在我的桌子上低头舔毛、和甜甜一模一样的大白猫,惊讶地问:"这是什么?"

我说:"这是猫啊,你傻啦?去了趟英国脑子坏掉啦?"

杨小川说:"你不是跟我说,你捡了一只小猫,起名小黑吗?

你说,这货,跟小还有黑,有什么关系?"

甜甜溜达过来蹭杨小川的腿,我的大白猫小黑噌地一下,对着甜甜又是奓毛又是哈气,然后扑通跳到地面上,又钻到床底下去了。

我念叨着:"小黑就是一个名字呀,叫小黑就是因为是小猫,只不过它脾气不太好,你和甜甜以后要好好和它相处啊。它可是我的宝贝。"

杨小川站在门口,用一种关爱弱智儿童的眼神看着我。

Ø23

无节制地付出，伤害的是自己啊！浑蛋！

　　杨小川组的这个酒局，当晚只有丁丁猫、李速溶、斯斯和我。很奇怪，今晚其他学长都正好有事不在，来的都是女生。

　　于是，就在当晚，此地，"团结湖姐妹淘"正式成立。尽管杨小川极力抵抗，但仍然在李速溶的强烈呼吁下，在两杯龙舌兰后，半推半就地答应出任了团结湖姐妹淘"淘长"一职。

　　我们围坐在团结湖红砖小楼的主卧沙发上，喝得都有点儿迷离。丁丁猫喝酒之后，第二人格出现，此时正在使劲往自己的头上套一个塑料袋，再往塑料袋里吹气，完全活在另一个次元。李速溶喝酒之后非常开心，放声大笑，展现出一个乐队女主唱应有的嗓音。斯斯倒是没醉,只是一直和我蹲在杨小川的两边,极其好奇地八卦他此行去英国究竟发生了什么。

斯斯问:"所以,你是去了英国没有追上Cherry吗?"

小川摇了摇头。

斯斯问:"你知不知道几个月前你让狮子在学校的时候去帮Cherry送花篮,那个花篮上的气球还是我和狮子一起吹的?"

小川说:"你们还好意思说,那花篮,后来她拍照给我看,丑得我差点儿都惊呆了。"

我和斯斯放声大笑了起来。

我问:"那你骑摩托车游英国,她有没有觉得你很酷炫?"

小川说:"没有吧。"

小川喝了一大口,接着讲,像是要把所有话都一口气倒出。

"我到伦敦之后,租了大排量的摩托车。结果在高速公路遇到暴雨,想去加油站躲雨,但因为之前没有骑过那种重型摩托车,拐弯的时候速度太快,刹车打滑,所以直接摔倒在匝道上。当时我的腿被压在摩托车下面,如果后面有车开过来,可能来不及减速就直接轧上来了,我特别着急,赶紧先使劲把自己的腿拔出来,再跳到一边,去路上拦车。

"幸好有一辆车停下来,两个英国哥们儿帮我一起把摩托车扶起来,重新给摩托车打火,打了很久,我才继续上路。等到了她的学校,她说她在看一个秀,让我直接去后门等她。我在过一条小巷子的时候,又摔倒在一个泥坑里。

"这一次,我又得去找人帮我扶车,因为那辆重型摩托车后面绑着我的行李，一个人真的没有办法扶起来。所以，当我站在她面前的时候，我坐了十几个小时的飞机，骑了八个小时的摩托车，被暴雨淋得东倒西歪，又摔了两跤，把自己的牛仔裤都摔破了，全身脏兮兮的。

"那时候她正在看秀，我只好在门口湿漉漉地等到她看完走出来。她会觉得我酷炫吗？不会的，我想她一定觉得我太逊了。"

我和斯斯对视了一下，我们异口同声地说："不，你一点儿也不逊，你简直太酷了。"

小川苦笑着，他边喝边说，根本不知道他到底喝了多少。

"在英国的时候，我几乎哪儿也没去，就在她的学校附近待着。我知道她想养花，于是偷偷去市场给她买花。等她起床的时候拉开窗帘，会看到窗户沿上摆满了花盆。

"我不会做饭，但是去她公寓的时候，还是先去超市买了很多食材，学着拌了一个三文鱼沙拉给她。我猜她会想家，所以拍了所有她的同学、朋友和家人的视频，剪成小短片送给她。

"我总是想把我能想到的所有好的东西都送给她，但是你猜她怎么说？她说，她想要一个苹果，但是我送给她一车梨。那我怎么知道她想要什么样的苹果呢？你想要什么苹果你跟我说啊，我去买。我去买。红富士，蓝富士，就算是七彩富士，只要你说，我就会去买的……"

小川喝醉了，他还在喝酒，我们谁也没有拦他。他把这些事情当笑话讲，我们也迎合着气氛哈哈大笑，问他在英国有没有遇到帅哥来搭讪。他自嘲着，喝了一瓶又一瓶。

就让他好好醉一次吧,我们想。

其实他心里应该清楚,这次去英国,应该和Cherry也没有什么结果,他只是想要完成自己的一个心愿,这个心愿,已经和Cherry本人没有任何关系。

小川说:"如果我喜欢一个人,就会尽全力去追她,付出我所有的努力。如果这样还是不能在一起,那我也没有什么好后悔的。"

太傻了。此时的他,完全不懂所谓"欲扬先抑""冷热交替"的追女哲学,就是一股脑儿地对别人好,往死里好,把自己能做的都做了,也不管别人喜欢不喜欢、接受不接受。

只是陷入爱情的盲目的人啊,感动了自己,感动了所有观众,唯独感动不了她。向不爱自己的人无节制地付出,注定是自己受到伤害。

他就像在演一场无人光顾的独角戏,英国是他空档期的戏棚,只是他不明白,为什么主演还站在台上,幕布却在一块一块地被人撤离。

太过于爱一个人,或许就成为她的敌人。

杨小川喝了很多,彻底失去了意识,他趴在地毯上,想去紧紧地抱住甜甜,跟甜甜说话,但是甜甜从他的怀里溜走了。于是,小川抱着自己的胳膊,蜷缩成一团,我听到他醉醺醺地和猫说:"甜甜,你不要跑,我只是想抱抱你。连你也不肯让我抱一下吗?"

然后他就哭了。除了我和甜甜,没人看到。

⊘24
把所有真心和悲伤都一个过肩摔摔出去

　　杨小川从英国回来之后,恢复了每天骑摩托车载我去上班的正常生活。我和李速溶嘲笑他那晚喝多后开始莫名狂飙英语,大概嘲笑了一个星期。

　　而贯中久进了movie house之后,干的第一件事就是和导演吵了一架。

　　导演在和他讨论某个剧本的时候,问他他早期摄影的某部电影怎么样。贯中久十分耿直地说:"并不是很好,因为里面的美术风格和对道具的审美,我个人不喜欢。"

　　导演心里一定气得要死,觉得老板是从哪里找来的傻小孩,老板心里一定气得要死,觉得狮子这是从哪里找到的傻小孩,而我心里也气得要死,觉得贯中久真是一个不会说话的傻小孩,噢,不,大壮孩。

发生这场对话的时候,我和杨小川都坐在旁边,一脸我们不认识贯中久的表情。

办公室里弥漫着一点儿淡淡的尴尬。然而之后,导演冷静下来,问贯中久:"那么你喜欢什么?你想写什么?"

贯中久目光炯炯地说:"我想写戚继光。"

在贯中久阐述完自己对戚继光的理解,对战争、对兵器的理解之后,导演说:"好,那你除了画分镜之外,如果有时间再写一版戚继光的大纲给我看看吧。"

就这样,在吵了一架之后,贯中久反而得到了一个写自己想写的东西的机会。

我简直要昏倒。

那段时间,高原、贯中久、杨小川和我,是 movie house 仅有的四位员工,我们每天一起上班,一起吃饭,一起下班去喝酒,有时候也一起回团结湖睡觉。

主卧室里,他们三个男生挤在一张床上。

最日常的就是,我们都穿一件黑色的皮衣,戴一副黑色的墨镜,这是我们 movie house 的标准装束,一起坐电梯去楼下一家叫半桌的台湾茶餐厅吃饭。

狮子啊狮子,我为什么觉得你有点儿帅的感觉?

某天吃饭的时候，我突然发现另外三个男生都在玩一个叫作陌陌的软件，在上面和各种各样的女生聊天。

我问贯中久："你不是有在日本的女朋友吗，怎么也跟着玩这个了？"

贯中久故作云淡风轻地说："其实前段时间我们已经分手了。"

我很惊讶，问："为什么？"

他答："也许是因为，比起我来，她更喜欢日本吧。"

我说："你不是都办好了暂住证，准备去日本找她了吗？"

贯中久说："也许她喜欢一种更世俗的成功感。那些西装、绅士、有涵养的餐厅，才能给她安全感。而我，始终做不到那些，我可能只能遵从自己的内心吧。"

我笑他："你也太厌了。你看你这穿着大裤衩和人字拖就来上班了。你再看看你这头发，几天没洗了？"

笑完他，我还是有点儿怅然若失。我还记得在大学时代，我知道贯中久和那位学姐在一起时，心里是很感动的。在毕业前，我还专门跟丁丁猫和斯斯详细地转述过贯中久和那位学姐的故事。

贯中久和他的女朋友都是弓道社的社员，贯中久是社员里最厉害的一位，而他女朋友是社长，他们一直都是很好的朋友。虽然贯中久很喜欢社长，但是两人始终都没有表白。直到社长去日本交流学习，两人都一直保持着并不捅破窗户纸的关系。

正好那年日本发生地震，震中离社长所在的地方不远，贯中久很担心她，上网去找她，而社长也迅速回复了他的消息。后来，贯中久才知道，地震的时候，他们都第一时间想到对方，才明白此时的自己对对方的在意已经远远超过朋友。

我记得贯中久跟我讲这段故事的时候，我正质问他为什么拍毕业作品，拍着拍着人就消失了，我一个制片找不到导演，压力很大！

而他告诉我，社长在地震后回到了家乡，他立马买了车票去社长的家乡看她。下火车的时候，他们没有像电影里爱演的那样冲过去拥抱对方，而是很安静地望着彼此，社长甚至一见面就吐槽他，就像他们还是朋友时候的样子。

那时候，贯中久对我说："最好的感情，是你发现在你所生存的这个宇宙中，这个时空里，她存在着。想到这个，就会觉得很幸福，你会感激自己所在的时空允许你获得这样的幸福。"

而现在，这位能够让他感谢时空感谢宇宙的社长女孩，就这样决定离开他了。

我问贯中久："你这么快就可以开始约陌陌上的新妹子了吗？"

他还是以一种看不出情绪波澜的语气说："总比一个人待着感觉好点儿吧。"

而杨小川此时已经不想再跟我聊任何跟Cherry有关的事情，他正在专心致志地和某个看起来长得还不错的韩国女生用陌陌聊天。

其实对于杨小川来说，Cherry自始至终都没有给过他确定的拒绝。但是他后来告诉我，有一天在英国的街头，他喝了些酒，从酒吧里走出来，其实可以有妹子陪伴，但是他拒绝了。

那时候，他一个人走在路灯下，突然产生了一种无法遏制的孤独感,想不明白自己为什么会站在这条陌生的街道,站在一个陌生的国度,为了一个遥不可及的人。他就在马路上蹲下来痛哭,哭到累了,最后就慢慢走回了酒店。

但是我想,他是从那一天起开始真的决定放弃了吧。这些男生,年轻的心就这样被自己喜欢的女孩轻易地撕开。不过,他们也就此开始了自己最自由自在、最浪荡的人生序幕。

⊘25
不是所有穿白色连衣裙的都是纯情少女

　　李轲因为工作原因来北京小住,借宿杨小川的卧室。对,他就是那个条子的女朋友——安娜的前男友,与高原同届的学长。

　　李轲是个东莞仔,一般自我介绍完自己是东莞人,对方就会发出"噢"的一声心领神会的声音,报以"幸会幸会,阁下一定是见多识广之人"的反应。

　　跟一个酷到极致的学长——李轲——聊天真的很痛苦,他说话每句一般都不超过两个字。我开玩笑地问他:"你该不会和安娜分手之后,一直是单身狗吗?这都好几年了。"

　　他答:"嗯哼?"

我又问:"你来北京干吗?拍片吗?"

他答:"等着。"

我再问:"你晚上去不去跟大家一起吃饭?"

他答:"随便。"

聊不下去了,他简直就是一座冰山,我选择死亡。

当杨小川、Tom 和李轲都躺在杨小川的卧室里,打开陌陌,拿着各自的手机讨论哪个女生头像还不错的时候,大家一致同意,有一个叫小山西的女孩穿着白色连衣裙的头像,很漂亮。

于是三个哥们儿就开始相互怂恿去跟小山西打招呼,但是谁也不想踏出第一步。

最后,他们决定每个人都给小山西发一条消息。

但是大家万万没想到,在两个自认为是"撩妹高手"和"一座冰山"的消息同步送达给小山西时,小山西竟然只回复了冰山——这个说话不超过两个字的李轲。

而李轲此时完全没有表现出高兴的样子,一副无所谓啊,随意啦,又没有很喜欢她的样子。

嗯,表面平静,其实内心风起云涌。水瓶座冰山男。

杨小川和 Tom 都十分诧异,但随即又立马起哄让李轲去约这位叫小山西的女生见面。

Tom 催促道:"赶紧的!现在就约!"

在李轲与小山西聊了几十个来回,十分火热之后,李轲终于发信息问:"你现在在干吗?"

小山西说:"在上班呀。(一个可爱的表情)"

杨小川抢来李轲的手机发信息给小山:"那等你不忙的时候,我请你看电影。"

小山西回复:"好啊。(一个可爱的表情)"

三位男生因为帮李轲约到了一个姑娘而欢欣鼓舞,高高兴兴地去楼下吃饭。两小时后,三位朋友打着饱嗝儿回家的路上,李轲打开陌陌,突然发现软件显示距离小山西只有10米。

杨小川兴奋地说:"看来她就在附近呀,我们拿着软件去找找她在哪里!"Tom立马表示同意,并生拉硬拽着李轲一起寻找小山西所在的位置。终于,在排除了这条马路上的小卖部、湘菜馆和裁缝店之后,三人的目光落到了一家比较大型的连锁按摩店招牌上。

杨小川说:"噢,原来小山西是按摩师?"

李轲:"也说不定人家是按摩店老板的女儿,你们不要想多了。"

Tom说:"正好我走累了,我们进去休息一会儿,顺便看看小山西在里面干什么。"

三人愉快地走进按摩店,躺在大厅里,三位按摩小妹蹲在他们面前给他们捏脚。

杨小川小声地说:"我刚刚去上厕所时,看见这里还有好多小房间,该不会是……哈哈哈哈!"

李轲说:"你以为这里是东莞啊?大白天大门开在主路上,还是连锁店。"

杨小川想了想,觉得有道理。

三位男生都被捏得昏昏欲睡。杨小川彻底睡着了。

就这样捏完脚,杨小川被叫醒,跟着Tom和李轲走出按摩店的时候，Tom 说："你们刚刚睡得太死了，有个按摩小妹凑过来问我要不要进去房间里按。"

杨小川问："那你怎么说？"

"我问她：'要加钱吗？怎么按？'"

"她说：'加三百。去里面怎么按都可以。'"

"我就说：'那不去了。'"

三个男生正站在按摩店门口哈哈哈哈大笑着，这时，突然一辆车疾驰过来，车门打开后，一群民警冲了过来，一看就是要来扫黄清店的架势。愉快的三人组吃饱喝足回家睡觉情景，以迅雷不及掩耳之势发生了改变。

杨小川、Tom 和李柯面面相觑，一对视，撒丫子赶紧跑。

等到他们跑到不太远的拐角，终于上气不接下气地停下来后，回头望去，一些按摩小妹和客人正被警察按着走出来。

Tom："还好还好，我们跑得快。"

李柯："还好你刚刚没进房间，不然这会儿简直不堪设想。"

杨小川指着其中的一个穿白色连衣裙的问："那个是不是小山西？"

Tom 说："应该是。"

李柯说："应该不是。"

一阵无言的尴尬。

当天晚上，我和他们三个坐在"崔红潮"一起吃饭的时候，杨小川绘声绘色地讲完整个故事，我赶紧问李柯："是真的吗？"

李柯说："不是。"

Tom 说："吹牛呢，他就是不想承认好不容易勾搭上一个姑娘，结果姑娘是……"

我让李柯赶紧把小山西的照片拿给我看看。李柯一边夹菜一边面无表情地说:"删了。"

我无情地哈哈哈哈哈了起来,这是我听过他说的两个字回答里最好笑的一次。

一个毫无同情心的狮子——我。

⃝26
爱她就送给她玛丽莲·梦露限量版

  距离我确定回珠海见舒平的时间越来越近,我心里越来越忐忑。因为我知道,异地恋的时候我们分开得再远,再不经常联系,只要一见面,我们就马上会好得像热恋一样。

  其实距离我离开珠海、离开舒平不过三个月,但是这三个月的北京生活似乎已经在我和过去之间拉开了一道鸿沟。而此时我与珠海、与我的大学懵懂无知的日子的唯一联系,只剩下舒平。

  对于我马上要回珠海的事,舒平其实是高兴的,但是他并没有特意表露出来太多的热情,只是嘱托我走之前一定要照顾好我的小黑,不要让它饿着,也不要让它被甜甜殴打。

我说:"没事,家里还有杨小川呢。"

舒平淡淡地说:"那就好。"

而杨小川对于我要回去见舒平的反应是:"那么你们是不是应该要完成一下情侣之间应该完成的事情?"

他问我这句话的时候,我正趴在沙发上给甜甜梳毛,而他正靠在自己的床上,穿着浴袍看电影。嗯,他穿着一件被 Tom 叫作"嫖客服"的蓝色浴袍。

我说:"我倒是无所谓,但是他一直对这件事挺抵触的。"

杨小川说:"怎么可能有男生对自己的女朋友抵触?除非他是 gay。"

我激动地说:"他不是 gay!"

杨小川问:"那就是他误会你了,以为你抵触。你是不是从来没跟他表示过你的意思?"

我说:"我不知道怎么表示,这种事女生怎么好主动?"

杨小川说:"你还有没有点儿新时代女性的精神了?怎么还这么传统,女生怎么就不能主动了?你要是想,我可以教你。"

我好奇地问:"怎么教?"

杨小川说:"来,你过来坐我腿上,我亲自教你。你就先这样,再这样,然后再……"

我忍住了想要抄起桌子上的一杯水泼到他脸上的冲动说:"滚!"

杨小川说:"你看看,你这么彪悍,怎么可能对他有吸引力?"

我还是没忍住,于是一个玻璃杯飞到他头上了。

杨小川喊道:"哎呀!"

我气呼呼地回自己的卧室。

我对着镜子左照右照，确实，一张人畜无害的娃娃脸，清汤挂面的齐腰长发，瘦得仿佛一捏就要断的身体，虽然白，但是眼睛下面是小小的雀斑。

这种少女的吸引力，或许对于喜欢"洛丽塔"的大叔有，可是对于舒平，我真的拿不定主意。

和舒平在一起的时候，我发现他对于那种中性打扮的短发女生会多看几眼，对穿裙子和粉色系的反而没有任何反应。他不喜欢我穿裙子和丝袜，白色的丝袜也不行，高跟鞋更是会让他如临大敌。

和舒平在一起的时候，最能让他高兴的就是我穿一条深蓝色的牛仔裤、白色板鞋、白色没有图案的T恤，他就会满意地说一句："干净。"

我愁眉苦脸地躺倒在自己的小床上，小黑差点儿被我压住，喵的一声跳开，我转过身去抱着小黑，问它：“小黑，你说，我是不是真的没有什么吸引力？”

小黑低头舔了舔我的手，这可是它来我家住之后第一次舔我。一瞬间，我的心被暖化了。有一股冲动，想让全世界所有人都来看看，我的猫对我示好了！你们看看！它爱我！

我用头轻轻抵着小黑的头，心里做出了一个重要的决定。

我给丁丁猫发微信，说："你能不能帮我一个忙？"

丁丁猫回复："什么？"

我说："你先答应我，我再跟你说。"

丁丁猫说："嗯。好。"

我说:"你去帮我去买盒安全套吧,我不好意思自己去买。"

丁丁猫给我发来了一长排惊叹号,说:"终于决定要推倒舒平了吗?"

我说:"只是以备不时之需!"隔着手机屏幕,我都能够感受到丁丁猫内心的震撼。

丁丁猫说:"为什么我有种自己的女朋友要被人抢走的感觉?而我还要去给我女朋友出轨的对象买套套!为什么?!"

虽然丁丁猫这么吐槽着,但是在她送我去机场的时候,我的背包里确实已经多了一个玛丽莲·梦露头像的小盒子,丁丁猫竟然还特意给我买的是限量发售版。

她哭着对我说:"第一次嘛,用完了,盒子还能留个纪念。唉,走的时候是女生,回来就是女人了。"

我挥手跟她再见,她一脸千言万语尽在不言中的表情,目送我离开。

You Are My Perfect Baby

PART 3
也许你会永远爱我

⊘27

翻山越岭只是为了花雕鸡锅和你

  还有四个小时到广州、六个小时到珠海。为什么我这么紧张,始终没决定应该把头梳起来还是披散着就好?这种感觉好像大学时第一次约会,我穿着白毛衣,围着借的红围巾,全身冒着傻气去见舒平。
  珠海永远是一副暖和又阳光和煦的天气。走出车站,我就开始疯狂地脱去北方的厚外套,就像一只把白皮脱掉,单纯裸露在阳光下的热气腾腾的虾饺。
  舒平在远处向我招手,很安静地笑着。我此时只想跌进他的笑容里,所有安静的、文艺又矫情到死的句子,都像是在形容我的心情。

舒平问我:"想吃什么?"

我几乎是喊起来:"我们学校,甜之心的花雕鸡锅!"

他说:"好,走,我们去吃。"

当我就着鸡肉汁和烧得烂烂的青辣椒将一整碗香甜白米饭下肚,喝着加了碎冰的冻柠茶,看着对面坐着低头吃饭的舒平时,才真的意识到自己回到珠海了,回到了这个永远灿烂、悠闲、缓慢、潮湿的城市。

我拍了两张照片,发了朋友圈,说:"我的两个真爱,花雕鸡锅和你。"

杨小川留言说:"你每次吃半桌台湾菜的时候,都哭着喊着要吃三杯鸡,太虚伪了,你明明爱的是三杯鸡。"

我说:"三杯鸡是花雕鸡锅的替代品!"

他答:"××,你欺骗三杯鸡的感情。"

吃饱了,舒平带我回他家。一路上,我像只麻雀,叽叽喳喳地跟舒平讲自己在北京的一切,讲杨小川他们四处勾搭姑娘,讲工作上遇到的问题,讲我的小黑,讲斯斯和李速溶。

我恨不得全身上下都长满了嘴,而舒平只是淡淡地笑着听我说。我说困了,就靠在他的肩膀上。他穿着我买给他的蓝色条纹T恤,一阵安心的困意袭来,我昏昏沉睡。

坐在洒满阳光的车上靠着舒平,听着他的大砖头随身听里呢喃散漫的 *Two Young Lovers*(《一对年轻的恋人》),有种"幸福生活也不过如此了吧"的退休老奶奶心态。

珠海和舒平都是那么明媚的存在。一想到马上就要冰天雪地的北京,就突然再也不想回去了,就在我的昏沉睡梦里,把猫接来海边吹风吧,反正听说珠海月租一个岛和在团结湖租六十平方米的价格一样。

到了他家,我发现他在久未启用的冰箱里塞满了我最喜欢吃的零食,巧克力、热狗肠、酸奶、奶片,还有花生米……

我扑到他怀里,说:"好想你啊。"

他说:"我也是。"

我说:"那我们不要分开了。"

他说:"那你回珠海吧。"

我不得不说,自己的心里,几乎就要有一点儿动摇了,但是我张了张嘴,却还是没能说服自己答应。

他似乎也猜到我不会这么快就给出一个答案,便说:"今晚好好休息一下,洗个澡睡一觉,明天我们去看电影。"

我说:"好。我去洗澡。"

其实他家里的浴室是没有门的,只有一面布帘,我在他家里住了很久,他从来没有试图在我洗澡的时候打开过这面布帘。但是,今天,今天不是一般的日子。

我脱掉了所有的衣服,打开花洒,等到热水开始弥漫的时候,咬咬牙,鼓起我那一丁点儿少得可怜的勇气,颤抖着喊他:"舒平,我没拿毛巾!"

他答:"噢!在你箱子里吗?"

我说:"是的,粉红色那条。"

他窸窸窣窣地翻箱子,隔着帘子,把毛巾递进来给我。

他有一双修长好看的手，手里拿着那条此时并不是我关注点的毛巾。

我光溜溜地站在浴室里，水流顺着我的耳朵流到脖子上、手臂上，落到地面上，溅起水花。

时间仿佛变得很漫长，在我终于下定决心的这一刻，脑袋涨涨的，因为太过害羞又兴奋，我只能听到自己瓮声瓮气，在巨大的水流声中咕哝了一句："要不你进来看看？"

他此刻正目不斜视地站在外面问："什么？"

我继续头脑发热，好像水温已经开到了一千度，把我的头顶烫出了一个洞，我很大声，但是竭力使用我少女的妩媚喊道："你要不要进来看看？我……我买好了套套！"

他把手和毛巾都从帘子这边抽了回去，我不知道他在外面干什么。犹豫？沉思？计划？脱衣服？

我只觉得自己的最后一句话傻得惊人，恨不得去吃屎，我不应该站在花洒下面，我应该捂着我红成猴屁股的小脸，羞愧地钻到花洒的眼儿里去。

一瞬间，所有荒诞又古怪的想法都占据了我的大脑，我那冒着傻气的脑袋瓜里甚至交错响起了几首不合时宜的香港老歌，轰隆隆作响地轰炸我。

如果我是一台电脑，那我现在一定是蓝屏。

而他在沉默良久之后，终于用一种毫无情绪的声音回答我。

他说："不用了，你先好好洗澡吧。"

花洒冲下来的水，在此之后，突然从一千度降到了冰点，拍打在我的皮肤上，又冷又疼。

⊘28
难过的时候就削一个苹果

  我的身体有五个不足：第一，我的肩膀很溜，背包带容易掉下来；第二，我的鼻梁很溜，戴眼镜容易掉下来；第三，我的膝盖很溜，挂帽子容易掉下来；第四，我的肠胃很溜，吃香蕉容易拉肚子；第五，我的心很溜，被伤害，容易欺骗自己会马上好起来。

  所以，在我如此明显的示意之后，即使得到的是舒平拒绝的结果，我也试图嘻嘻哈哈地去面对，不想把这次难得的珠海团聚搞得太僵。

  我不是没有问过为什么，舒平只是轻描淡写地回答："你还小，我不想对你不负责任。"这句话我玩味了许久，仍然没有琢磨出所以然。而我此时其实也并没有那种强烈得非要得到生命大和谐不可的愿望,只不过这种事任凭搁在谁身上,都难免会气馁,充满挫败感。我只能说服自己,是他太爱我,不想伤害我,如果性爱在他眼中是一种伤害。

平淡地度过几日,我们一直都没有去电影院,而是窝在家里吃零食看综艺节目,每天睡到自然醒,再下楼吃沙县小吃。

因为舒平临时被通知要加班,所以他白天不在家。我自己偷偷跑去建材市场,买了长长的三卷塑料地板革,一个人来回三趟扛上六楼,跪在地上把他家客厅的地板铺上了。

舒平家是他远在东北的父亲给他买的房子,只有他一个人住,至今没有装修,只刷了大白墙,空荡荡的客厅里,没有地板,也没有任何家具。

曾经我住在这里,总是想能够为他做点儿什么,现在终于工作赚了点儿钱,如果给我自认为也是我们以后的住所铺上地板,再买上一张小沙发,挂上窗帘,摆上一束野花,就能成一个真的家。

我不止一次地幻想过,等我们都多赚点儿钱,就把这个毛坯房装修成我们想要的样子,而不是现在这样,一扫地就漫天灰尘,一用水就满地都是泥巴。

我跪在地上,干得热火朝天。铺地板革是个力气活儿,安装沙发则是个技术活儿,我累得汗流浃背,但只要一想到他回家后看到焕然一新的客厅时惊喜的样子,内心就很期待,便也愉快地坚持了下去。

赶在舒平回家前,我特意买了两份卤肉和两份海带丝,还有几瓶他喜欢的啤酒,摆好在沙发前的小圆桌上。地板革被我用毛巾擦得很干净，我坐在沙发上，像一个等待老师夸奖的小学生。

他进门，愣住了，问我："这都是你买的吗？"

我说："对啊，是不是很棒？我们的家现在是不是酷酷酷？！"

他走到卧室，好像对这一切都视若无睹，背对着我说："这不是我们的家，这是我的家，以后不要再做这些了。"

我一下就委屈得不行，眼泪涌出来，问他："你怎么了？这次我回来，就觉得你怪怪的。"

他说："我本来就不想让你去北京，你非要去，现在你既然去了，还在学英语，看来也是铁了心还要出国留学，这个地方就和你不再有任何关系。你知道吗？我感觉不到你心里有我，也感觉不到我自己有女朋友。"

我说："我留在珠海，能找到什么工作？在珠海怎么做电影？我是学电影的，我也喜欢电影，我不做编剧怎么生活？怎么赚钱？你答应过我你要去北京，你怎么出尔反尔？"

他冷哼了一声，说："你以为我没有查过北京的工作信息？我确实想过去北京，但是那也与你无关，我即使去了北京，也不会和你住在一起的。况且，我现在决定不去了。"

我说："你到底是什么意思？你是不是想分手？"

他说："我没有这么说，这是你说的。"

我说："好，那我走，我现在就走！"

我擦干眼泪，把钱包和手机一拿，连外套都不穿，就往外跑。我刚跑出楼道，他就追了出来，拉住我不说话。而我只是哭，任凭眼泪大颗大颗地掉落。

舒平的手很大力地拉住我的胳膊，捏得我生疼，他使劲地把我往回拽，我放弃了挣扎，身体仿佛被抽空了一样无力，他把我抱起来上楼，抱回了他家。

我看不清他是不是也在哭，只是在接下来的漫长难挨的尴尬夜晚里，我们相对无言，他一直在拼命喝酒，拼命喝酒。

那天晚上，我哭累了，就睡在床上，他睡在床边的地上，只铺了一张薄薄的垫子。

我想起我们刚刚在一起的时候，他坐在这个房间里给我削苹果。我说："我会不会很烦呀，连苹果还要你削好了喂给我吃。"他说："我倒不怕要给你一辈子削苹果，我就怕哪天我削好了苹果，一回头发现你已经不在我身后坐着张着小嘴等我喂了。"

半夜，我睡得模模糊糊的，听到他喊我，他在说梦话："狮子，狮子，不要走！不要离开我！"

我翻身下床，坐在他旁边，握住他的手，说："我不走，我不走，我哪里都不去了。"

天蒙蒙亮的时候，丁丁猫发微信给我，问："战况如何？"

我回她："惨烈。"

丁丁猫说："一个 surprise，我临时决定也去参加学校的毕业典礼了，我们过两天香港见面详谈。"

我说："好。"

⊘29

下雨天总是对铺垫悲剧情有独钟

第二天下午,舒平很晚才醒过来,发现我满脸泪痕地躺在地上,而他正紧紧地握着我的手,我们两个人都有点儿讪讪的。我站起来整理衣服和床铺,他在我身后坐起来,对我说:"天亮了,你滚吧。"

我经过一夜的思想斗争,已经决定无论如何都不会离开他,于是我充分发扬了自己天才一般的"逗比"精神,立马倒在床上,实打实地滚了一圈。

我说:"我滚了。"

他一下"噗"地笑出声来。

我知道这种方法总是能暂时缓和他的情绪,逗他开心。

有一次，他因为一些琐事对我生气，于是把手机"啪"的一声砸到地上，我便赶紧捡起来，然后把自己的手机递过去。我说："你的是诺基亚，别把地给砸坏了，要砸砸我的。"他推开手机，笑了，我们和好。

还有一次，我决定要去北京，离开他家的时候，他说："你走吧，我不想再看见你了。"我说："好的。"当我拖着箱子走到门口时，犹豫了一下，见他没起身拉我，我说："还有桶没吃完的薯片，你递给我一下。"他把薯片砸过来，再次没忍住，笑了，我们和好。

或许这已经慢慢成了我们的相处模式，他可以随意对我发火，冲我吼，让我滚，但是他心里、我心里，我们都知道，这一次并不会真的分手。我总能有一百种方法去缓和当下的气氛，然后再去着手解决之前的问题。

因为我的父母总是脸红脖子粗地争吵，我天然地反感吵架，我知道爱有很多种表达方式，但是吵架是最变态的一种。

对于我来说，对一个人的爱，就是我愿意拿我最好的一切去拥抱对方的缺点和任性，我想这也是面对他一次次生气，我还能从容面对的原因。

我在床上滚了一圈，他笑了之后，果不其然，我们和好了。我理解他对于我们异地恋的不安，但是深知这样的争吵是无意义的。

我试探性地问他："为什么不考虑去北京了？"

他说："就是不想去了。"

我说："你去吧，小黑很可爱，你一定会喜欢小黑的，我们再一块儿租一个小房子，我每天早上起来给你和小黑做饭，然后你吃完去上班,我也去上班。下班之后,我们就去三里屯喝啤酒,然后晃晃悠悠地走回家。"

我说完这些,他内心似乎有点儿触动,但是还是板着脸,对我说:"北京生存压力太大了,你知不知道很多人刚去北京是不会有你们公司那样的条件的,会去住地下室,会天天吃泡面,会找不到工作……"

我赶紧说:"不会的,你去了之后我不会让你住地下室的。"

他叹了口气,说:"唉,你怎么就不明白?我像是会在意住地下室的人吗?如果我再年轻几岁,或许就跟你一块儿去北京了。"

我说:"你还年轻,你很年轻,你就是个小朋友!"

他摇摇头说:"你才是小朋友,你不是一直想去吃麦当劳的儿童套餐吗?我们今天去吧,我很饿了。昨天跟你生气,什么东西都没吃,又喝了这么多酒,胃里很难受。"我赶紧说:"好好好,我们去吃麦当劳。"

等他洗完澡,我们换衣服出门,去坐公交车。天已经黑了,我们饥肠辘辘的,这一路上,我们都不再谈论任何关于北京的事情。他只是问了问我的工作怎么样,我说导演和老板其实都还是很喜欢我的,他便不再多说话。

我们又聊起了那些让人开心的事情。比如麦当劳的儿童套餐、茶楼下面新养的小野猫、小黑会攻击杨小川和甜甜,却对我很温柔以及一些新出的电影,说着里面女主角的脸尖得一低头就能戳死自己。

大概是在这种轻松的气氛下,我有点儿得意忘形,在讲笑话的时候,突然发现他穿了一件绿色的衬衣,上面写着 GREELAND BOY。

我笑着说:"你是绿草地男孩!你是绿草地男孩!"

他突然脸色一变,问我:"你在说什么?"

我指着他的衬衣,笑着说:"GREENLAND BOY!"

他似乎听懂了,又似乎没有听懂,但是他的表情看起来可怕极了,这件事似乎一下子戳中了他的某根神经,他甩开我的手,对我说:"我不想再跟你说话了。"

我说:"你怎么了?"

公交车刚好停站,他突然站起来,头也不回地下车了。我起身去追他,他大步地向前走,而我只能跟在后面,穿着人字拖小跑跟着。我突然意识到自己说错了话,在他面前,说英文是大忌。

有一次,我带着他、丁丁猫和两个女同学一起在餐馆吃饭,我们在聊电影美学课上美国老师讲的《公民凯恩》(Citizen Kane),我们中文夹杂着英文聊,他坐在一旁不说话,突然就像刚才那样,站起来,头也不回地走了。

后来我追出去,他站在食堂门口对我吼,让我永远不要在他面前跩英文!"会说英文很了不起是不是?很装×是不是?就欺负他不会说英语是不是?"

我很想跟他解释,教我们的是美国老师,用的是很多专业词汇,我们说英文说习惯了,比如premiere,比如Mise-en-scene,对我们来说只是再平常不过的用词,绝对没有故意在他面前装×的意思。但是没有用,那次他的崩点像火山一样喷发了好几天,最后以我拎着几袋零食去他家给他道歉结束。

天空中开始飘起小雨,我一边跟在他身后小跑,心想我的手机和钱包都在他的背包里，一边回忆起了这件往事，意识到了他这一次的怒火点在哪里。我已经规划好了一会儿追上去之后如何去哄他。但是，他突然在前面加快了速度，我追了很久，在一个马路的拐角，因为下雨路滑，摔倒了。

摔得不重，但是地上都是水，我一定很狼狈。这一摔，把我原本想好的要如何哄他，如何哄好他再去吃麦当劳儿童套餐的计划，全部摔走了。

有一个英语单词此时不合时宜地出现在我的脑海——Pathetic（可悲），对，我真是可悲，这一次回珠海来全程热脸去贴冷板凳的这段行程，我真是可悲。

我看着他慢慢大步走远的背影，蹲在地上没骨气地哭了出来。突然，我的身后伸出了一只手，有个陌生的中年男人来拉我的胳膊，他说："小妹妹，怎么摔倒了，要不要我帮你啊？"

他对我动手动脚的，我强烈反抗。他反而拉得更用力了。我冲着远处只剩一个小点的舒平背影大喊："舒平！救命！舒平！舒平！"但是舒平没有回头，也没有听见，他已经走得太远了。

我一边挣扎，一边感到彻底的绝望。这么戏剧性的剧情，到底为什么要发生在我的身上？这里是马路边，是距离大商场不到两百米的一个街角，现在还不到晚上十点，马路上有很多来往的行人。

但是，那个钳住我身体的男人，他力气很大地来捂我的嘴巴，我大喊大叫，一些路人驻足，更多的人行色匆匆地走掉，竟然没有人出手救我。

那个男人一只手抱住我，一只手拉扯我的裤子，想把我摁倒在街边的小巷子里。我哭得很大声,一边大喊"救命",一边使劲踢他的身体。可能是我哭得太惨烈,并且那天穿着碎花娃娃衫,实在和他这种三十多岁的中年男人不可能是情侣或者夫妻,驻足观望的几个路人终于决定出手阻拦。

几位路人呵斥和拉开那个男人,把我围在中间,那个男人试图辩解了几句,末了灰溜溜地逃走了。有位热心的姐姐,应该是附近咖啡馆的老板娘,她问我要不要去她的店里坐坐,还举起一把伞为我挡雨。

我一边拉好自己此时已经满身泥泞的衣服,一边拼命摇头,我只想好好地大哭一场,像个傻子一样,在雨夜里心碎地大哭一场。

后来,大概又过了两个小时,我找到一家超市的公用电话,打电话给舒平,说我出事了,叫他回来接我。他说他已经吃完饭回到家了。等舒平气消了,终于回来找我时,已经是深夜了。我像个游魂一样,面无表情地坐在九州城附近公交车站的铁长椅上。天气很冷,长椅也很冷,我第一次发现珠海的夜晚原来也会这么冷。

舒平见到我的时候,我已经不哭了,我简单地跟他讲了一下我的遭遇,干巴巴的,就像在讲别人的事情。

舒平定定地看着我,说:"你骗我,你只是想骗我回来接你。"

我有气无力说:"嗯,你不相信就算了。"

我已经没有力气像以前无数次那样打起精神来哄他笑了。我曾希望在舒平身边扮演一位不知疲惫的搞笑天使,但是现在我真的累了。

⃝30
巧克力送两次会让我误会你爱我

从舒平家离开去香港的时候,我们看上去还是很要好的情侣。

我们吃得很饱,我的手里拿着他给我买的水和零食,还有他给我拍的好几张拍立得照片。临别的时候,我们拥抱。我想起我们第一次拥抱的时候,他开玩笑地说,恋人其实不应该拥抱,因为身体贴得越近,脸越面向不同的方向。

我惶惶然地和他道别,坐上了去香港的船,我知道自己的手机马上就会失去信号,而这一周他并不会急着联系我。只不过我打开零食袋,再次看到一盒费列罗的时候,哆哆嗦嗦地摸了摸自己的心,却发现自己还是爱着他。

舒平和我刚刚在一起时,正值寒假前夕,我们即将分别一段时间。他知道我喜欢吃费列罗,在送别时,递过来一只很大的袋子,里面装了大概九十颗巧克力。舒平说:"一天吃三颗,吃完了,我们就又能见面了。"

后来,我知道他为了给我买巧克力,连坐公交车回去的钱都没有了,只能走很远的路回家,很心疼。那一整个冬天,我都在吃费列罗,吃不腻,很想他。

现在,我吃着他给我的巧克力,坐在摇晃的船上,还在幻想着,他只是在我们渐渐疏远的异地恋里变得麻木。或许下一次,我就能够用真心去感动他。毕竟我们刚刚在一起的时候,也曾经甜蜜过。那些甜蜜和温柔的瞬间,并不可能是假的。

当我在香港的中环港口下船,走向一个完全新鲜的城市时,所有这些爱情的烦恼都被我抛至脑后了。我的身体轻盈,脚步轻快,像一只奔跑的快乐的小羊羔。

我在北京上班的公司是香港公司的分部,老板知道我要来香港参加毕业典礼,所以就安排我这周住在香港的总公司,也顺便在还没开始毕业典礼的这几天,在公司和香港这边的同事见面、开会。

所以,我白天在中环的公司上班,晚上就完全自由自在地在香港四处游走。我没有电话,没有网络,就这样随意地跳上一辆叮叮车,任凭它带着我去看海,看旧旧的楼房。

我感觉到自由,感觉到无所畏惧,我有很多很多故事想要写下来,我和路边的人聊天,用蹩脚的粤语和每个人打招呼。

那真是我最快乐的几天,我对香港的喜欢,远远不止于它的繁华。

我穿过庙街去寻找一座电影院，或者只是在旺角的楼上书店待到凌晨两点，再买一杯冰镇奶茶，晃荡着坐地铁回到公司，打开公司的粉红色地铺，从办公室的书柜里抽一盘老电影，看着看着，再沉沉睡去。

这种美好又快乐的日子，一直持续到我去参加毕业典礼。

我见到丁丁猫的时候，她在和其他同学还有家人拍合照，大家都很忙，胡乱打了个招呼，拍了几张照片，就四散开来。

她握着我的手说，她的家人临时决定都来看毕业典礼，所以她没有时间和我单独去逛香港和聊天。就这样和她匆匆一面，相约北京再见。

典礼倒是和我想象中相差无几，但是到了拍集体纪念照片的时候，我才发现自己被完全孤立了。

大四那年发生了很多事情，我与同班的很多朋友都彻底决裂。如今，就这样突兀地要与彼此相见，我竟然有点儿不知所措。

∅31

记性太好也是一种生理缺陷

我见到了陈瑗和夏琦,但是不确定她们有没有看见我。总之,我在看到她们的瞬间,她们就一溜烟地逃跑了。

我大学的时候,和两个最好的朋友决定成立一个工作室。我们分工明确,我是编剧兼制片,陈瑗是摄影,夏琦是剪辑。导演工作,我们三个人换着来。

当我们决心要第一次一起拍摄一部短片作业的时候,我记得自己血脉偾张,恨不得要把整个人所有的力量花光。

我们在找场地的过程中遇到了很多困难,但是看着她们两个在我面前的背影,边走边商量接下来要解决什么问题,我觉得自己心里完全没有任何害怕的感觉。那种齐心协力、不分彼此的信任，那种对未来的确定和期望，我有几个晚上都以为自己是在做梦，有这样的朋友和伙伴，我觉得自己不需要睡觉，我可以永无止境地写作。

我们定了一年计划、毕业计划、五年计划、十年计划。我问夏琦："我们以后能成功吗？"

夏琦说："只要我们不分开，我们就能成功。"

那时候，我们常常卧在宿舍里"拉片子"，看一段停下来，我从编剧角度给她们分析，夏琦从剪辑的节奏给我分析，陈瑗告诉我这里用了什么样的镜头和什么样的场面调度。

我每一天都热爱世界，热爱生活，热爱电影，热爱我们即将拍摄的短片，热爱她们两个。我们攒钱去吃35块钱一盆的肥牛冷锅，我们通宵开会准备工作，我们聊毕业作品拍什么以及如何分工。我们一起上课，下课，写作业，泡图书馆，聊恋爱，聊那些闪闪发光的业内偶像。

我曾经以为我们会永远在一起，奋斗，成功，拯救中国电影。

但是我们并没有。

毕业作品的拍摄期是冲突的，三个人都要拍摄，彼此身兼数职，而我犯了一个最致命的错误。具体原因不想再提，分裂来得远比我想象的更猛烈。

我不知道自己是怎么熬到毕业的，但是我知道，毕业拍合照的时候，我们三个没有站在一起。

那时候还在用校内网，很多同学站在她们那边，发状态嘲讽我，我想辩解什么，但最后还是无力。曾经我们说过要一起仗剑天涯，要去上海租一套公寓，白天各自去工作赚钱养活自己，晚上大家聚在一起，开会，分工，学习，工作，把我们的工作室经营下去。

夏琦一个人去上海旅游的时候，兴奋地打电话给我们说："武康路好漂亮，好几家的公司在招人，我帮你们看了你们相关的职业，还有一些咖啡馆，狮子你肯定喜欢，会在那里写作。"

然而毕业后，夏琦去了上海，我来了北京，陈瑗去了武汉。我们不再联络。毕业离校前的最后一天，我和她们其实已经很久不说话了。

晚上九点多，我给夏琦发了条短信。

我说："明天就走了。"

夏琦问我："吃了吗？"

我说："没有。"

夏琦说："你来吧，我煮面给你吃。"

去夏琦的宿舍，她用电磁炉给我煮了一碗面，加了一个鸡蛋，就像曾经无数次我流着哈喇子饿了就来找她蹭饭一样。

只是这次我们相对无言。

吃完了，我说："我走了。"

夏琦点点头。

我走出去，一路跑进电梯，号啕大哭。我想，她还是恨我，讨厌我，甚至十分怨恨我。而我犯过的错误，至今也无法弥补。

我曾经常常想，到底是什么把三个曾经那么相爱的伙伴分开了？后来，我想起来，某天下午，我们躺在一块儿聊天，谈到未来。夏琦想要巨大的成功，想要变成女强人。陈瑗想要过平淡的生活，和爱人在一起，开一家小小的工作室。而我只是傻傻地想要我们永远在一起，永远热血，永远少年。

我们想要的，从一开始就不一样，迟早会分道扬镳。

夏琦曾经说过，我们三个人合在一起，就是一把手枪，可是我们自己不是手枪的主人，我们被别人握在手里的时候才能发挥最大的作用。

我当时并不相信，并且试图成为握住手枪的人。或许她们也都这样想过。

然而，这样一枪下去，子弹对准的却是自己。有太多人当时对我说，不要和最好的朋友一起工作。我总是一个个地认真反驳："不，我们不一样。"可是说到底，没有人是不一样的。我们都忘了，自己并没有和对方捆绑在一起，谁都没有左右任何人的权利。

这么多年过去了，想起那段时光，爱、恨、厌恶、喜欢……想起来这些词都幼稚得可笑，对于那么年轻狂放的我们来说，或许根本不值一提，只剩下一句轻描淡写的定义：曾经闹崩了。这个世界，不是我们想怎样就可以怎样的。曾经热忱的誓言，如今成了我们心里过不去的坎儿。

我慌乱地逃离毕业典礼的现场，看着那些快乐合照的同学，看到她们在远远地商量接下来要去哪里聚会、去哪里逛街。

我瞬间发现，我很想念北京。我想回北京，想回到小黑的身边，想回到团结湖红色小砖楼，那里才有我的新生活。

或许，那里才有属于我的一席之地。

⌀32

不要告诉其他人你的秘密啊

　　回到北京是晚上。走出火车站,我拎着行李箱坐上出租车,对司机说,去团结湖。

　　初秋的凉风从车窗外吹乱我的头发,看着一些熟悉的标志性建筑在道路的两旁掠过,我对北京这个城市产生了一些新的感情。然而在我第一次来北京的时候,还仅仅只有陌生感。

　　回到团结湖,我还没上楼,杨小川就发来信息,说:"你回来了吗?来'崔红潮'吃饭!大家都在。"

　　我上楼放下了行李箱,和数日未见的小黑和甜甜打了招呼。小黑喵了几声,蹭了蹭我的手。

我给舒平打电话,说:"我到北京了。"

他说:"好,快去吃饭吧,一个人也要好好的。"

我说:"没事,很多同学在呢,我下楼吃饭去了。"

他说:"嗯,帮我跟小黑打招呼。"

挂了电话,我小跑着去"崔红潮",果然远远就看见那个光着屁股的小胖子蹲在路边玩泥巴。

贯中久、杨小川和丁丁猫都在,我只是几天没有看到大家,此时心里竟然欢脱得好像重逢般喜悦。

丁丁猫说:"我也是今天上午到的北京,太可惜了,在香港没有和你一块儿去吃大排档!"

我说:"不要紧的,北京也有很多大排档,我们周末去吃呀。"

杨小川问我:"在香港怎么样,和导演有没有在公司见面?"

我说:"天哪,导演太多修改意见了,明天上班的时候再跟你说,我今天坐了十几个小时的车,实在不想再聊任何工作上的事情了。"

贯中久说:"我写的那个戚继光已经发给导演了。导演说,不够impact。"

杨小川说:"哈哈哈哈哈哈,导演不管对什么都会说,不够impact。"

我赶紧点头:"对对,他也这么说我,所以,impact到底是什么?!"

丁丁猫说:"我知道,impact就是i-m-p-a-c-t——冲击力!"

我白眼都翻到天上去了。

吃完饭,我、贯中久、杨小川和丁丁猫告别,丁丁猫就住在离我们步行五分钟的楼里,她和两个不认识的人合租。贯中久跟着我和杨小川回家，他一路上都在说，不知道丁丁猫一个人回家会不会害怕。

杨小川问贯中久："是不是对丁丁猫有意思？"

贯中久说："欸，太可怕了，你怎么会这么想？"

已经回到了家里，贯中久在杨小川的床上坐着玩手机，我坐在沙发上，杨小川躺在地上摸甜甜。

杨小川突然说："贯中久，你是不是想上丁丁猫？"

贯中久说："对啊。"

我差点儿一口水喷出来。

我说："你别逗了，你不是刚刚分手吗？你真爱不是你前女友吗？你前两天还在微博上要死要活地发自己失恋了要成佛要成为上帝什么的。"

贯中久说："我就是上帝，只是看你信不信。"

我看了杨小川一眼，说："你看，贯中久失个恋，脑子坏掉了。"

贯中久还来劲了，接着说："其实如果你相信，我可以改变你的未来，也可以改变任何人的未来，我有时候打开了自己的天眼，就什么都能够看到。"

杨小川打断他："所以你是不是想上丁丁猫？想上就现在赶紧去上，一直发微信是没有用的。"

我差点儿又喷一口水出来。

我说："你在跟她聊天？但是她也在跟我聊天啊。"

贯中久说："你想看我们在聊什么吗？"

我说："我不想看。"

贯中久说："都怪你，是你之前开玩笑的时候说过，搞不好我是丁丁猫的真爱。你看，你其实也是上帝……"

我说："拉倒吧，我说的是搞不好丁丁猫是你的真爱，你别搞反了。"

杨小川几乎是咆哮着说："想上就赶紧约！说这么多没用的！"

杨小川把贯中久的手机抢过来，发了一句："丁丁猫，我能不能去你家睡？"

我目瞪口呆地说："杨小川，你这样做是不对的。"

贯中久也说："欸，太可怕了。"

我正准备发信息告诉丁丁猫，是杨小川在恶作剧，丁丁猫回复了贯中久："好。"

贯中久和我继续目瞪口呆，杨小川则一脸得意扬扬地看着我们。

杨小川说："看吧，我就说，丁丁猫肯定对贯中久也有点儿意思。"

贯中久继续忸怩，不说去，也不说不去。杨小川拍了拍贯中久的肩膀，说："为什么不去？"

贯中久说："没有套套。"

我灵光一闪，拿出我背包里还没拆过的丁丁猫送给我的玛丽莲·梦露盒子，塞到贯中久的手里，说："拿走！"

贯中久半推半就地接过去，哼哼唧唧地收拾了自己的背包，出门了。

我和杨小川大眼瞪小眼地望着对方。

杨小川说："你为什么会有套套？"

我说："你为什么知道贯中久想上丁丁猫？"

我们异口同声地说："我不告诉你！"

⊘33

今日事今日毕,万一明天就死呢

第二天清早上班,我有点儿忐忑地给丁丁猫发微信。
我说:"丁丁猫,贯中久昨晚去你家了?"
丁丁猫:"对……"
我说:"那么你们那啥了吗?"
丁丁猫:"没有。"
我说:"那如果他要那个啥,你会答应吗?"
丁丁猫:"不会吧。"
我说:"那你干吗答应他去你家睡觉?"
正在我疑惑之际,贯中久推开公司的门,放下电脑,坐在我旁边的办公桌旁边。我招呼窝在自己办公室里的杨小川,小川心领神会地溜达过来,拍了拍贯中久的肩膀。

小川问他:"怎么样啊,中久大帝?"

贯中久说:"昨晚我睡在她家的沙发上了。"

小川和我十分惊讶:"为什么?!"

贯中久说:"因为我还处于开天眼的状态,我整晚都和她在讨论哲学,还有我们平时会做什么样的梦,类似这些东西。聊完这些就困了,我就睡在沙发上了。"

我哈哈大笑,说:"所以沙发睡得舒服吗?早知道你就还是待在我们家睡小川得了。"

贯中久说:"小川太可怕了,睡觉老是从后面抱着我,小川,你说你是不是gay?"

小川不要脸地伸出手去搂住贯中久的腰,说:"你是不是怕自己对我有了反应?"

我看不下去了,我转头自己在内心吐了十秒,收到了丁丁猫的答复。

丁丁猫说:"因为一个人睡觉真的很无聊。"

这个答案简直了,我不想理她,"啪"地把手机关掉。

又过了几天,快到万圣节了,公司发生了两件大事。第一件事是高原远程辞职了。这件事我们早有耳闻,所以也没有太过于大惊小怪。说起来,高原都已经好几周不来公司好好上班了,他打电话告诉珍姐要辞职的事情,微信告诉我们,等过两天他不忙了回来请我们吃饭。

我有点儿怅然若失，一方面他走后，我就开始正式接手他的所有编剧工作，以后就是我负责在开会时被大家炮轰和质疑了。我又不抽烟，都没有理由像他一样，一到无解，就抽几分钟。用高原曾经跟我说过的话来描述，新手开剧本会，就像被导演老板和制片人一脚一脚踹回大海里，学不会游泳你就得淹死。

　　另一方面，高原虽然从未肯定过我的能力，甚至我能够感觉到他对我的一点点不屑，但是他仍然是我崇拜了好几年、慢慢在靠近的偶像。他突然离开去跟组，去做真正可以开拍的院线电影，意味着我刚刚起步的追赶又被拉远了距离。

　　我被留在这个一切都处于纸上谈兵状态的电影公司，写着不知道猴年马月才会立项开拍的电影。这个项目接到我手里，已经换过了四个编剧，持续了近五年，我没有信心这个剧本在我手里就能够被拍出来。

　　我有点儿焦虑，便跟小川说了说自己的想法。

　　小川说："你和高原不一样，你没有必要走他走的那条路。留在公司过渡，有基本的生活保障，经济独立，不要再拿父母的钱，做自己想做的事情，才是你现阶段该考虑的事情。"

　　我说："嗯，我已经经济独立了。"

　　小川问我："那么你还想做什么呢？"

　　我说："我想认识很多很多人，想吃很多很多好吃的，我想去英国，想写小说，想看周杰伦的演唱会，想改编《三体》，想看大海，想开书店……"

　　小川说："你看，你说的这些里面，哪些是能够在现阶段完成的，哪些是需要你努力去在长远规划里实现的。你自己要想清楚。"

我说:"我等不及了,我万一明天就死了怎么办?我现在就都想实现。"

小川无语地看着我,说:"我建议你别去报名学英语,你报名了,你说你一共去过几次?"

我脑海里浮现出那些被自己锁在抽屉里面的英语培训教材,它们被翻开看了十几页就已经没有再被碰过,落满灰尘。

我狡辩道:"因为刚好我前两周回去了广东,今晚我就又要开始去上课的。"

小川耸耸肩,对我说:"随便你。我早就说过,你不会好好去上课的。"

我说:"我会的!"

我气鼓鼓地不想再跟他聊天,心想:"我再跟你聊心事,我就是个傻子。"

公司里的第二件大事是,我们老板招来了一个实习生。这位实习生来头很大,是老板的朋友的女儿,刚刚从英国留学回来。

我们老板,是一位随口想买一个医院,第二天就会去买医院的富豪,所以,他的朋友的女儿,我想,一定不会简单。虽然我做好了万全的心理准备,但是当这位实习生走进办公室的一瞬间,我还是没忍住,惊讶地心想,我可要完。

因为,她,实在——太——美——啦!

⌀34
工作态度给我端正一点儿啊

实习生 CC 的出现,将 movie house 的平均颜值提升到了一个前所未有的高度。

CC 是北京人,在英国生活了七年,但是疯狂地热爱中国传统美食,比如酸汤水饺、红油小面、灌汤包子……她对一切西餐都深恶痛绝,提到咖啡就会呕吐。因为她名字里有两个叠字,都是 C 打头,所以让我们直接喊她 CC。

高原回来收拾自己的办公桌,请我们吃散伙饭的时候,才发现公司来了一位气质卓越的美女。高原十分诧异,但是又很快恢复了他一贯的镇定,他很有水平地问了 CC 四个问题。

高原问:"CC,你小时候学过弹钢琴吗?"

CC答:"我钢琴十级。"

高原问:"CC,你小时候学过跳舞吗?"

CC答:"嗯,学的芭蕾。"

高原问:"CC,你小时候学过骑马吗?"

CC答:"我会马术,我有一匹自己的马。"

高原问:"CC,你是在国外长大吗?"

CC答:"不知道算不算,我是高中去的英国。"

我好奇地看着高原对CC的户口调查,问高原:"你问这些做什么?"

高原说:"中国所谓的贵族的教育模式,一定会要女孩会骑马、会弹钢琴、会舞蹈。所以,CC一定是十分正统的贵族出身。"

CC哈哈大笑起来,对高原说:"你真是想得太多了。"

高原痛心疾首地说:"为什么我辞职了你才来我们公司?以后你要是想跳槽,或者要进入电影圈有什么不懂的问题,可以来找我。"

CC礼貌地回答:"好的,好的。"

至于杨小川和贯中久这两个浑蛋呢,大概从CC进入公司之后,就一直在琢磨着怎么和她快速发展出革命友谊。然而两人用了完全不同的极其歪门邪道的方法。

在一张极长条的木头靠窗办公桌旁,我坐在左边,贯中久坐在中间,CC坐在右边。我交代了一下以后想做制片方向的CC,刚来公司可以先看看高原的剧本和一些公司以前的项目策划,就坐回到了自己的座位上。

贯中久和CC就在我身边开始了以下对话。

贯中久说："CC，你相不相信催眠？"

CC 说："没有试过。"

贯中久说："其实你现在就已经被我催眠了。"

CC 说："为什么？"

贯中久说："因为我最近发现，我好像开了天眼。"

我忍不住嘀咕了一句："又来了。"

CC 问："所以你是在说你会算命？"

贯中久说："我可以看到你们所有人的未来。"

CC 来了兴趣："那你看我会什么时候结婚？什么时候生孩子？"

贯中久说："这个嘛，你应该会生两个儿子，但是不是和现在的男朋友。"

CC 有点儿恼怒，说："你胡说吧。"

贯中久说："你看，你生气了，这说明你相信了我说的话，我成功把你催眠了。"

CC 隔着贯中久喊我："狮子，我能不能坐到你旁边？"

我赶紧拖开自己身边的椅子，招呼 CC："来吧来吧。你别理他，他自从被女朋友甩了之后就变得神神道道的。"

就这样，贯中久出局。

而杨小川在万圣节的那个白天，问我和 CC："要不要和大家一起去 VICS 喝酒过节。"

CC 说："不去了，我去年在英国的时候，和男朋友一起变装成吸血鬼，今年没有服装也没有什么准备，你们好好去玩吧。"

我说："我等等问下丁丁猫去不去，她去我就去吧。"

杨小川再三确认 CC 不肯去之后，问 CC："那你能不能帮我化妆？"

CC 很友好地答应了，然后用自己的化妆品，在小川的办公室娴熟地把他化成了一个哥特风格的吸血鬼。

而我，在杨小川的一片哀号中，在失败了几百次后，终于帮他戴上了灰色的"美瞳"。

杨小川哭着揉了揉自己的眼睛，说："狮子，你真的快要把我戳瞎了。"

我说："呵呵，要是你自己还不一定戴得上去呢！"

杨小川对他的吸血鬼装扮很满意，戴上了有金属尖刺的戒指，换上了黑色的骷髅头皮夹克，涂上了黑色的指甲油，问我："有没有很妖娆？"

我说："小川，我觉得你一定是对'妖娆'这个词有一些误解。"

而贯中久在听说丁丁猫可能不去、CC 也不去之后，打不起精神，只是穿着他的超级无敌大吊裆裤，懒洋洋地躺在沙发上，等着下班就出发。

对于他的裤子，贯中久表示，那不是吊裆裤，宋朝人就是这么穿的！

我说："那这就是宋朝人的吊裆裤！"

下午五点，老板、导演、制片人都不在北京，珍姐因为生病请假，没有来公司。杨小川在自己的办公室涂护甲油，电脑里播放着汉斯·季默的电影原声。贯中久躺在沙发上，凝视天花板，唉声叹气。CC 坐在电脑前，看一部叫《天使的性》的三人恋爱伦理片。而我一边吃着薯片，一边和丁丁猫发微信描述这整个画面。

我说："丁丁猫，我司要完。"

⊘35

堵车严重的问题值得探究

万圣节当晚,杨小川、条子、贯中久和小 A,还有其他一些我不认识的女生,一起去了工体 VICS 的万圣节聚会。

杨小川劝我和丁丁猫同去,但是我其实更想趁着其他人都去夜店,单独和丁丁猫吃晚饭聊聊天。

贯中久唉声叹气地说:"你不去,丁丁猫就也不去。"

杨小川唉声叹气地说:"你去了,CC 说不定就也去了。"

我说:"喂喂,你们两个,其实根本不是在劝我去吧,只是想我多带两个女生,对不对?"

我不理他们,下班后和丁丁猫一起去三里屯吃麻辣烫。我火急火燎地坐下来，对丁丁猫说："快给我讲讲，贯中久去你家之后，没发生点儿什么？"

丁丁猫从口袋里拿出那盒玛丽莲·梦露，对我说："这不是我给你买的吗，怎么现在又完好无损地回到我手里？你和舒平，没发生点儿什么？"

我本来不想告诉其他人关于舒平的事情，在那段阴郁的情绪过后，我从内心里是袒护舒平的。但是面对丁丁猫，我还是没忍住，轻描淡写地讲了讲自己和他在珠海发生的事情。

丁丁猫听完，叹了口气，对我说："谈恋爱真的好累。"

我问："那么你现在是不是也喜欢上贯中久了？"

丁丁猫说："我也不知道。但是和他聊天，其实蛮开心的。"

我说："他那套神神道道的理论，其实就是失恋后才开发出来的，你不会真信了吧？他现在就是太寂寞了，才会撩拨你，你可千万别上当了。"

丁丁猫笑了，说："狮子，你觉得有爱就必须有性，有性就必须有爱吗？"

我很想说"是的，这两者是缺一不可的"，但是回想起舒平对我的排斥，自己又拿不定主意。

丁丁猫说："这两者根本就是可以分开的吧。"

我说："也许你是对的。"

丁丁猫的电话响了，是贯中久打来的。丁丁猫回复了几句，转头对我说："他们叫我们去工体，说包了台，人又不多，店里很热闹，让我们去玩一下。"我想了想，可能丁丁猫是想去的吧，于是点点头。

丁丁猫和我走到 VICS 门口，贯中久出来接我们，我探头往里面看了看——光怪陆离的舞池人头攒动，震天的骑马舞——一股浓浓的烟味、酒味扑面而来。我说："今天这人也太多了吧？"

贯中久说："确实太多了，基本上人挤人，我费了好大劲儿才挤出来接你们。"

我问："是不是今天还有入场费？"

贯中久："今天一个人的入场费是 300 元，平时好像不会这么多，你们要进去吗？"

舒平此时正好给我发了一个微信。他问："在干吗呢？"

我说："我不想进去了，我自己回家吧。丁丁猫，你想去的话就和他一起去吧。"

丁丁猫又站在门口对我撒娇了几分钟，发现确实无法说服我进去，就只好对我说："那等我回团结湖了再去找你。"

丁丁猫和贯中久进了夜店之后，我边给舒平打了个电话，边慢慢地从工体打车回团结湖。

舒平接了电话，听得出来，他很困倦。

我说："我刚和丁丁猫吃晚饭，正在回家路上呢。你呢？"

他说："我出差刚回到家，这次很累。你走的时候没注意，还有一把梳子、几件衣服、一个 U 盘留在家里了。"

我说："没事，暂时都用不上，反正都是夏天的衣服，北京马上变冷了。但是你有空收一下我冬天的几件外套，帮我寄过来吧。"

舒平说："好的。"

我说："圣诞节的时候，我再回珠海看你吧。"

舒平说："嗯，带着小黑吗？"

我说："哪儿有可能带着猫？"

他在那边轻轻地笑着，我每次听到这种笑声，就觉得很温暖，像纯棉的床单贴在我的皮肤上。

他说："我要睡了，已经二十个小时没有睡觉了。你今晚也早点儿睡，要乖。"

我说："好的，晚安吧。"

挂上电话，此时还不到十点，但是长虹桥正是堵成碉堡的时期，我就在十分钟挪动几米的出租车上昏昏睡了过去。

一阵电话铃响，是丁丁猫。

我说："怎么了？"

她很生气的语气，说："没意思，我先走了，你在哪儿？"

我说："在长虹桥堵着呢，这么近的距离，我都睡了一觉。"

她说："那我走回去算了，你一回到家了，喂完猫就来我家睡吧。"

我说："好，一会儿见。"

又过了四十分钟，我才终于回到家。喂完猫，我简单收拾了一下，下楼准备溜达去丁丁猫家。在此期间，我发微信问杨小川夜店里发生了什么事，丁丁猫为什么会突然不告而别。他没有回复我。

我又去问了问条子："大家都在干吗呢？"

条子回我："哈，我在喝果汁、玩手机，杨小川跟一个妹子聊天。但是，有个大八卦，小A刚刚坐在贯中久腿上，跟他舌吻！"

好吧。

我想我知道为什么丁丁猫会突然先回家了。我整理好自己的思路，大概已经草拟好了一会儿怎么和丁丁猫对贯中久这种朝三暮四的行为进行强烈谴责。

我走到丁丁猫家的楼下，打电话准备叫她来开门。丁丁猫接起电话，压低声音说："狮子，你先别过来了。贯中久……他现在在我家。"

我大吃一惊，问她："这怎么回事？你不是一个人回来的吗？"

丁丁猫吞吞吐吐地说："我是自己回来的。刚刚和你打完电话，他就过来了，说有话想跟我说。那个，我先挂了，他洗完澡出来了。"

电话被突兀地挂掉，我呆呆地站在丁丁猫家的单元门口，心里有点儿不是滋味。贯中久这么明显只是想睡她，为什么她还要允许他来她家？我愤愤不平地走回住的地方，刚开了防盗门，突然里面的一层门被人从里面拉开。站在我面前的是一个只穿着一件男生长T恤的陌生姑娘。

这个长相像韩国人的姑娘用英语对我说："你好，你找谁？"我想我一定是大脑死机走错了门，连忙道歉，准备退出去。但是我灵光一闪，突然发现，这姑娘身上的衣服不是杨小川的吗？而且，我不是用自己的钥匙开的防盗门吗？这不就是我家吗？

屋里，刚刚洗完澡的杨小川穿着他的蓝色"嫖客服"浴袍，擦着湿漉漉的头发，走出洗手间。

杨小川对着姑娘用英语说："忘了告诉你，她是我的室友——狮子。"

韩国姑娘对我一笑。

我卡在防盗门和里层门之间，进也不是，退也不是。我就想知道，你们这些狗男女，回来得这么快，都没有被堵在长虹桥吗？！

而且，你们到底是有多喜欢洗澡？！

⌀36

风太大的时候就让猫去关窗户吧

  韩国姑娘侧过身,让我从狭窄的玄关里走进房间。我鼓起勇气,终于目不斜视、一脸慷慨就义般的表情向着自己的卧室走去。

  关上门前,我看到杨小川正若无其事地站在玄关的小桌子前喝水,还用我常用的那个玻璃杯倒满水递给韩国姑娘。韩国姑娘发现我正在看她,冲我莞尔一笑。

  我赶紧关上门,小黑正窝在我的枕头旁边睡觉。它发现我回来了,没有起身迎我,只是用头蹭了蹭我伸过去的手。

  我躺下来,戴上耳机听歌,实在想不明白,这些朋友怎么可以做到不恋爱就发生亲密行为?如果是因为空虚、寂寞、冷,那么做完不会更空虚吗?不会更寂寞吗?不会更冷?噢,两个人睡肯定比较不冷。

我打了个喷嚏,北京的寒风已经开始刮起,我极不情愿地爬起来,对熟睡的小黑说:"小黑,去给我把窗户关上。"

小黑翻了个身,根本无动于衷。对了,小黑是听不到的,我养了它一个月左右才发现这件事。

那时候我还跟小川说:"看,我养了一只龙(聋)猫。"小川想过来爱抚它,小黑一口咬了上去,吓得小川赶紧跳开。

现在,我和小黑在这个红砖小楼的小卧室里,由于小黑懒惰不肯关窗户而在寒风中紧紧依偎在一起。我迷迷糊糊地想起小黑咬杨小川的那个画面,心里想着,咬得好。

第二天,我幻想的一夜情过后的男性空虚综合征并没有发生。贯中久来上班的时候,春风满面,雄赳赳,气昂昂,走路带风,喜上眉梢,一副形势一片大好的样子。得,不用问了,昨晚肯定是天雷勾动地火,大战三百回合了。

中午,CC出门去接电话的时候,杨小川终于到了公司,他倒是没有发生太大情绪上的变化。我招呼贯中久,一起躲进杨小川的办公室。我说:"交代一下吧,你们昨晚都怎么回事?尤其是你,贯中久,条子不是说你本来是抱着小A舌吻吗,怎么就又去找丁丁猫了?还有你,杨小川同志,带了一个姑娘回家,都不提前知会一声!"

贯中久说:"其实我和小A不是舌吻,是她强吻我,硬坐到我腿上。"

杨小川打断他:"我明明看见你自己也没有拒绝好吗?你手都伸到小A的上衣里面了。"

我说:"Fuck！那你干吗不去小A家,非要去找丁丁猫？"

贯中久说:"我问了小A能不能去她家,她说不行,她还有室友在,不方便。"

我赶紧对小川进行训斥:"小川你看,人家就知道有室友不方便。"

小川说:"别打岔,那你们怎么不去开房？"

贯中久说:"我没带身份证。"

小川说:"你没带,她也没带吗？"

贯中久说:"主要是她之后就搂着别的男生跳舞去了,我觉得她这样还是挺可怕的。"

我说:"那丁丁猫算什么？你要是打算和她在一起,昨晚就不应该还和小A这样那样的！"

贯中久说:"我和丁丁猫没有打算在一起。"

我愣住了,突然感觉自己为了朋友的义愤填膺,像是重重一拳打在了空气中。我不甘心地说:"那你们这……这是'约炮'？"

贯中久笑了说:"你以为呢？反正我应该还让她挺满意的吧,昨晚一开始,她家那张床很响,然后我说会不会被室友听见不太好,然后我们就……"

我赶紧喊道:"停停停！真的一点儿都不想听你说细节,好吗？"

小川说:"贯中久身体壮得像头熊一样,唉,心疼丁丁猫。"

我指着小川说:"你心疼一下我,好吗？我昨晚全程戴着耳机！就怕听到什么不该听到的声音。所以,那个姑娘到底是谁？"

小川说:"一个韩国妹子,之前在陌陌上认识的,我去过一次她家,昨晚她说想来我家看看甜甜,我就带她回来了。"

我说:"约炮,就这么容易?!"

杨小川和贯中久同时笑了,说:"就这么容易。"

我手机响了,打开看到丁丁猫给我发了一条信息。

丁丁猫说:"对于女生来说,性和爱,好像确实分不开。"

我看了看没心没肺嬉笑的贯中久和杨小川,心想,这可真是太糟糕了。

⌀37

骑着摩托车直到没油再说

丁丁猫和贯中久,继续以一种大家当无事发生过的姿态,出现在我们每晚的饭局上。但是只有少数几个人知道,吃完饭之后,贯中久会去丁丁猫家。

我私下问丁丁猫:"你们这到底算什么?"

丁丁猫说:"Friends with benefit(炮友)……"

我说:"你不是喜欢他吗?"

丁丁猫说:"我家里正在办移民,让我学完英语就去那边的孔子学院教英语,算起来,我也就只在北京待一个冬天了。况且,这样也挺好。"

丁丁猫跟我说完,还拉着我去超市,买了很多蔬菜和早点。我知道,那都是贯中久爱吃的。她一个在学校时可以连续吃一个星期泡面的女生,竟然要开始给贯中久做饭了!

我内心很不是滋味,因为我的直觉告诉自己丁丁猫才不是表面上说起来的云淡风轻,她才不是能够把性和爱彻底分清楚的女生。

其实,我从来都不相信有女人可以把性和爱分清楚。性爱对于女人来说,就像去吃灌汤包,你很难只用吸管隔着包子皮喝完汤汁就忍心把包子皮扔掉。

白天上班,贯中久下楼去买饮料,我赶紧说我也一起去,就追着他匆匆下楼。我们在便利店的货架旁边站着,我很认真地问他:"你今晚还是去丁丁猫家吗?"

贯中久很随意地说:"去啊,回通州太远了,还是去她家睡,上班方便。"

我有点儿恼怒地说说:"你去她家,最主要是的原因就是想图方便吧!要是换个女生,你也照样可以睡,对不对?"

他说:"也不完全是,主要是天气冷了,有个人能抱着一起睡觉还挺好。"

我气愤地说:"你就从来不想着和她好好在一起吗?她是真喜欢你的,你看不出来是不是?我都看出来了!"

贯中久买完饮料,放在吧台前,好像陷入了沉思,他一直没有再对我的言论做出任何反应和动作,只是直愣愣地看着我。

我又等了等,试探地问道:"你是不是想明白了什么?"

贯中久说:"我钱包没带,我在等你付钱。"

我差点儿气得一口血吐完倒地昏过去。

我一边付钱,一边愤慨地念叨着:"算了算了,我懒得管你们了,你们年轻人的世界观我不懂。"

贯中久笑了,说:"明明是你看起来更像一个高中生。你应该是说,你们成年人的世界观我不懂。"

我把付完钱的饮料砸到他怀里,说:"拿好你的'格瓦斯',有多远滚多远。"

晚上下班在公司吃完外卖,我正准备自己去坐公交车回家。杨小川突然朝我扔来一顶头盔,说:"走吧,今晚带你走。"

我说:"哎哟,今天不去见韩国妹子吗?"

他笑了笑,没回答。

他骑着摩托车,带我一路在夜晚的北京马路上飞驰。国贸这边堵得水泄不通,他却能够在缝隙中穿梭自如。我坐在他的身后,因为避嫌而总是用手扶着他的肩膀而不是腰部,也总是因为刻意保持和他身体触碰的距离而向后仰。

我望着大望桥西,一轮淡黄色的圆月,心里想道,今天应该是农历十五前后了吧。前几年,还在学校的时候,每次看到圆月,我就总是拉着舒平的手,喊他给我去买一种叫钵仔糕的小吃。

舒平说:"不是应该吃月饼吗?"

我说:"我不管,月亮圆的时候就要吃钵仔糕。"

我们总是因为吃一个钵仔糕就能够得到欢乐,而现在在北京,我觉得自己好难再拥有这样的欢乐。我扶着小川的肩膀,满脑子舒平的样子,想着,如果是舒平在我下班后骑着摩托车来接我回家就好了。但是舒平应该不会骑摩托车。我在他生日的时候，送了他一辆自行车。他骑着载过我一次，一不留神，冲到了花坛里，我们两个都摔了个狗吃屎。我嘲笑他小脑发育不健全，他嘲笑我太胖需要减肥。

我的思绪飘得很远，再被拉回来时，突然发现我们还没到家，杨小川把摩托车骑向了一条完全陌生的道路。道路两边都没有路灯，很安静，很窄，似乎已经完全远离了我熟悉的喧闹的东三环。

我倒并不很慌乱，只是问他："我们要去哪儿？"

他说："到了你就知道了。"

我想再挣扎一下，语气但也不是真的强硬："我说，到底是去哪里啊？你是不是要把我卖掉啊？再不说我就跳车了！"

小川倒是知道我并不会真的跳车，所以他没回答我，也没有把摩托车停下。他骑上了一条人行天桥，这一条和我们以前每天走的长虹桥附近的人行天桥不一样。这里很漫长，没有行人，也没有手机贴膜的小摊，两边有高大的树影，被月光拉长投射到地面上，摩托车轮便轧了过去。我望着桥下来往的车辆，夜晚太黑，只听得到风声和川流不息的车辆声，一种莫名的孤独感涌上心来。我心想，唉，北京，北京。

⌀38

关于猜火车的重要注意事项

　　一阵减速，杨小川单脚支地，将摩托车停了下来。在一片漆黑又空旷的街道上，虽然身体并不冷，但我还是不由得缩着脖子，拉紧了自己的外套。

　　我一边翻身下车，一边说："小川，这里到底是——"

　　杨小川打断我，说："别说话，你看那边。"

　　在安静的空气里，我看到远处一条亮着明黄色灯光的火车，像一根划亮天际的火柴，擦着火星燃烧的磷片朝我们驶来。火车呼啸而过的时候，我们的脸庞在黑暗中被照亮，我看了看仍然坐在摩托车上沉默的杨小川，他的镜片上反射着火车的光亮。一直等到火车驶向远方，彻底消失,我才敢开口打破这种重新跌入黑暗的寂静。

我说:"小川,你就是想带我来看火车吗?"

他没有回答我的问题,而是从我背上摘下他的书包。每次坐在他的摩托车后座,我都要替他背上这个又大又重又黑的背包。他从自己的背包里掏出了两罐啤酒,冰凉的,刚刚从冰柜里拿出来的触感。

我豪爽地接过来,拉开拉环,咕嘟咕嘟地喝了一大口。他突然说:"狮子,你知道吗?我刚来北京的时候,刚买这辆摩托车,就在整个北京到处瞎骑。

"我找到了一些有意思的地方,这里是我最喜欢的地方之一。Cherry还没去英国时,她说过,以后可能会来北京找我玩儿,所以我想买一辆摩托车,载着她在北京到处溜达,看火车。

"她借过我的一件外套,后来还给我的时候,我闻到了这件衣服上她残留的香水味。我一直舍不得洗这件衣服,直到那股香味渐渐消失。后来,我去找了很久,终于买到了她用过的那种香水,我喷在自己的衣服上,被这种香味包围,就好像和她在一起的时候一样。

"我做过很多蠢事,蠢到没脸告诉其他人。狮子,你知道我为什么突然跟你说这些吗?"

我摇摇头。杨小川继续说道:"Cherry在宿舍楼下坐着的时候,有一次唱过一首歌,我很喜欢,不知道你有没有听过……"

小川按下手机的音乐,空旷的街道上,响起了缠绵的歌声:

  Some people live for the fortune
  Some people live just for the fame

Some people live for the power yeah

Some people live just to play the game

Some people think that the physical things

Define what's within

I've been there before

But that life's a bore

So full of the superficial

Some people want it all

But I don't want nothing at all

If it ain't you baby

If I ain't got you baby

Some people want diamond rings

Some just want everything

But everything means nothing

If i ain't got you

我们听着歌声，我能够想象到，Cherry 那种精灵古怪的女孩和杨小川并肩坐在宿舍楼下。她唱歌应该很好听，而小川那么爱怜地看着她，想要把她拥在怀里，却没有伸出手。因为一旦跨越朋友的界限，给她送绑着气球的花，追她到英国，小川知道，他就已经永远地失去了她。因为，她不爱他。

我问小川："Cherry 如果从来没有喜欢过你，为什么她要唱这首歌给你听？"

小川语气非常失落，说："她没有喜欢过我。即使有，也应该只有一点点，可是这一点点，也被我搞砸了。"

我说："你是想她了吗？"

小川这个人，真的很擅长不正面回答问题。

他说："那个韩国姑娘，我以后不会再见了。"

我说："为什么？"

小川说："她说我们这样不好。我们能不能不要一见面就只有做爱？能不能认真地试一试交往？我想，她应该是不想只和我玩玩而已吧。"

我说："那你怎么想？你不想好好开始一段感情，忘记Cherry？"

小川说："喜欢上Cherry，就是因为我和前女友分手。我这个人总是这样，一旦失恋或者伤心，就会疯狂地去喜欢另一个人，去爱另一个人，来试图麻痹自己。但是只有我自己知道，我爱的是一个假想中的梦幻泡影。我不想伤害韩国妹子，不想因为疗伤而去开始一段恋爱。"

我喃喃地说："谁又能知道，自己深爱的人是不是自己的梦幻泡影呢？你至少有勇气去追求当初认为自己爱的人，做到不让自己后悔，我却根本不知道自己在追求什么。"

小川说："只有一个办法。"

我问："什么？"

小川："猜一列火车。"

我说："那是什么？"

小川："这里的火车，我们都不知道多久会来一列。你先想好A，B选择，现在是10：24，等到10：30的时候，如果火车来了，你的选择是A；如果火车没来，你的选择是B。"

我说:"这和抛硬币有什么区别?"

小川:"你自己先决定好 A 和 B 是什么。等到 10:30 的时候,你就知道了。"

小川和我把举起啤酒,碰,一干而尽。

我说:"长生不老!"

他说:"恭喜发财!"

我接回他的背包背上,翻身坐上了他的摩托车。我看着手机屏幕上闪烁的时间,在心里飞快地做出决定。

A:我回珠海,回到舒平身边,和他结婚生孩子,过安稳的日子,然后去找一个月薪不高但不辛苦、和电影无关的工作。每天早早回家给他做饭,洗衣服,我们有一个幸福的家庭,晚上就和他牵着手去小区里散步,吃钵仔糕。

B:我留在北京,甚至去英国,我要做电影编剧,我要写科幻,我要去和朋友们喝酒吃肉,环游世界,做自由的人,我要赚很多很多的钱,认识很多很多的人,我要改变这个世界,我不要被现实打倒。

看着时间一点点地在靠近 10:30,我突然手心冒汗,背后发凉,心情十分紧张。我害怕火车会来,十分害怕,因为火车如果来了,就意味着我要对自己的决定负责,我就要回珠海,做一个幸福的家庭主妇。数字在变动,我变得焦躁不安,我伸长脖子向远处望,担忧火车从远处哪个方向突然出现。

时间对我来说从未如此难熬,接下来的几分钟好像被抛向了无限的空间,人的思绪和动作变得有一个世纪那么长。

看到时间转为 10:29,我突然决定不再等待,拉了拉小川的衣角。

我说:"我们走吧!"

他说:"不等10:30了?"

我说:"不等了。"

他终于笑了,说:"我也不等了!"

杨小川骑着摩托车,我们在空旷的街道一阵加速狂奔,我们将火车道远远地甩在了身后。此时又一辆火车从我们身后呼啸而过。但是我和小川都没有停下,谁都没有回头去看它。我们都已经做出了自己的决定。

我终于明白,猜火车这个游戏,根本不在于最后火车到底是否在规定的时间出现,而是当你在做完选择后才突然发现,你到底是在等一列火车还是希望这列火车永远不到来,你也就终于对自己内心世界里的挣扎有了结论。

那天晚上过后,杨小川没有问过我到底设定了什么A,B选择,而我也很默契地没有问他。但是我发现,那个韩国姑娘再也没有在我们的白家庄小楼里出现过。

更多更多的女孩,会在之后出现在他的生活里。他却不再像那天晚上跟我说的一样,突然疯狂爱上其中某一个。他,选择了游戏人生。他爱她们所有人,或者说,他谁也不爱。

而与我之前的担忧恰恰相反,在一个风平浪静的日常上班的午后,贯中久突然扔给我一枚深水炸弹。

贯中久说:"我和丁丁猫,正式在一起了。"

什么?

You Are My Perfect Baby

PART 4
猫奴日常

⌀39
只有当局者才能感受到的东西，太文艺

周末，难得丁丁猫出来见我，而不是和贯中久出去厮混。他们俩自从由"炮友"升级为情侣后，就在以一种极度黏人的姿态出现在我目光能及的所有角落。

朋友圈、群里、酒局上、饭局上，两个人好得像第一次谈恋爱一样，又疯又甜，互相对视时就像随时随地要亲起来，KTV唱着歌一转头还以为消失了一个人，因为其中一个被502胶水粘在了另一个人的身上，撕都撕不下来。

和丁丁猫坐在西单大悦城一家人头攒动的茶餐厅里，我开始皱着眉毛盘问她。我说："来，你自己交代一下剧情。前两周还云淡风轻地说是互惠互利的朋友,现在怎么突然就好成这样了?"

丁丁猫自从和贯中久在一起后,整个人就变得气色超级好,现在双目含情似水地望着我,皮肤光滑得像一个剥了壳的嫩鸭蛋一样。她陷于一种羞涩的甜蜜中,说:"就是,顺其自然了。"

我恨不得把她的脸扳着对向我,因为她说完这话,就涣散成了一团思念的空气。然而,她明明才离开贯中久两个小时。

我说:"你等会儿,我怎么记得,你以前喜欢的不是他这种类型的男生?他现在对感情是什么样的态度,你清楚吗?他刚失恋,寂寞,愁苦,他为什么选择了你,你知道吗?"

丁丁猫想了想,说:"你知道的,我一直以来,都想做《勇敢的心》里主角那样的人。认清生活的真相,还能够热爱生活,或者说知道这一切是虚无的,却还是能够为之而战。但是我没办法,我不可能成为一个悲情主义英雄。"

我说:"所以,你是觉得他是这样的人吗?他不肯因为女朋友去日本而改变自己,不肯因为爱情而改变自己,或者说,他不肯因为别人的否认,就放弃自己的坚持?"

丁丁猫说:"你还记得他的毕业作品吗?那个时候,你是他的制片,我是他组里的场记。那个故事讲的是一个男人,为了自己的信仰穿越时空,去完成自己的使命,即便最后没有人会记住他,连爱情也会失去,但是他依然会做出他应有的选择。我觉得这样的故事很浪漫。"

我忧虑地歪着头看着她,说:"丁丁猫,我才发现,原来你又傻又没有逻辑,还这么文艺。"

丁丁猫说:"滚!你骂谁呢?!"

不管丁丁猫怎么想,反正在我看来,贯中久对她就不是那么真诚。由性发展为爱的故事我不是没有听说过,但是,我最近刚明白的一个道理就是心碎的男人的话不能信。他们为了摆脱自己的痛苦,什么缺德事都干得出来。而贯中久的心,大概已经被远在日本的前女友击溃,碎得连玻璃碴子都不剩了。

我和杨小川、条子坐在公司楼下的"湘汇人家"吃饭时,说了说自己对于此事的想法。

杨小川说:"贯中久这就是拿丁丁猫疗伤呢。"

条子接话道:"他们啊,迟早要分。"

我愁苦地说:"丁丁猫还说,想不出国了,就留在北京。虽然我是很想丁丁猫留在北京,但是她这么为了贯中久做出改变,我真的很狂躁。"

条子突然问我:"你怎么就不为了舒平留在珠海?"

我还没回答,杨小川抢着说:"因为舒平是 gay……"

我很不客气地反驳他:"你才是 gay,要不然你怎么看出来的?"

条子贱兮兮地问:"听说你们现在还没有上过床?"

我气不打一处来,冲着条子发火:"不是在聊丁丁猫吗,怎么扯到我身上了?那你呢,你怎么不为了安娜,去西北她家乡工作?"

条子说:"别转移话题,你到底什么时候回去把你男朋友办了呀?不办不科学啊,这不合理啊……"

我说:"我们这样的感情,你们不懂的。"

杨小川说:"就是柏拉图呗?"

我辩解道:"我们两个是注重精神交流的人,和贯中久他们完全不一样。"

条子看着我说:"狮子,你太单纯了,你这个傻男朋友,他根本不行……"

我猛地把筷子放下,木头筷子落在玻璃桌上发出响亮的碰撞声,我是真的生气了。

我说:"条子,你可以随便当面说我傻,或者在背后议论,但是不可以在我面前说舒平。"

条子闭上了嘴巴,但是杨小川还是不知好歹地继续念叨着:"那好吧,那你男朋友不傻,是你傻。"

我扔下自己的那份钱,内心万分委屈地跑回公司,我不想在乎别人对我爱的男生的评价,但是我无法不在乎。最可怕的是,他们的一切评价,都是基于我对舒平的描述。我爱他,但是为什么要跟别人吐槽他?我再也不想和任何人分享我的感情了。

我打电话给舒平,听起来他那边似乎心情很好。他高兴地说:"我今天去喝凉茶的时候,看见一只白色的猫咪,长得特别像甜甜。"

我笑了:"哈哈,你有没有摸摸它?"

他说:"有的,很萌,不咬人。"

我说:"我昨天回家路上,碰到一家店,买一些小工艺品,有种肥皂是刻字的,我买了你拼音的缩写。现在它们摆在我的桌子上,看着它们,就像可爱的你在我身边一样。"

他咯咯咯地笑我:"哎呀,你说话太肉麻了,我要吐了。"

我说:"你这就吐了?其实前几天,我在北京到处溜达,晚上睡不着觉,写了一篇日记,我念给你听,好不好?"

他那边温柔地笑着,说:"好啊。"

我拿起自己的日记本,窝在空无一人的公司,像只愉快的小猫,开始给他念日记。

"说说北京吧。这里和我想象中的的确不太一样。我想象中的北京更现代化,也许是用了上海做蓝本。地铁2号线真的出乎异常地老旧,有种奇妙的穿越感。树木都是光秃秃的,很可爱,看惯了珠海臃肿的披着蓑衣般的榕树,觉得这些没长叶子的树木很有味道。

"北京人说话的腔调很有趣,语言的文化也造就了生活的文化。'您去哪儿啊?''角门儿。'北京话像是一颗掉进了葫芦里的珠子,滚来滚去也停不下来的延伸。

"库布里克书店是我最目前喜欢的地方。百老汇电影中心简直就像是我们的家一样。也只有在北京才能找到这么文艺但是充满现代气息的地方。整个中心建得像形状怪异的华夫饼,每个格子还有不同的颜色。

"在小影院看了场奇怪的武侠电影,总觉得这么独立的电影应该不会在大的院线播放。在二楼小的电影资料馆看到墙上贴着'法国周——布列松'的海报,却怎么也想不起来布列松是谁。

"后来离开了,我才想起来,Paul给我们上的摄影课上我写的论文就是关于布列松的照片的。可是印象中他只是个拿着胶片机穿梭在各种战场上拍硝烟照片的老头儿,不知道电影馆要展出他的什么作品。难道他拍过纪录片?

"南锣鼓巷是去的第二个地方,离中戏很近,我很想在中戏一个小剧场对面的红戏酒吧里坐坐，也许会认识些学表演的人以后留着用。

"南锣鼓巷某种程度上很像成都的宽窄巷子，有数不清的小吃店和创意手工产品。也许我已经过了为买那些小东西而大呼小叫的年龄了吧，很想逛逛，但是只买了一只准备送给你的竹蜻蜓。

"很多地方只想和你去，所以留着执念怎么都不会自己先去。走过每个地方都在想，如果你在，该多好，如果你在这里，会说什么。多想和你开着玩笑听着歌去很多地方，然后抱抱，然后就很开心。去看大猫的店，还有一家电玩的店，还有一家全是猫猫玩偶的店，还有和老人踢毽子的广场。

"可是没有你在，我很不开心。

"北京再好，也是一座空城。"

我念完日记，蜷缩在沙发里。我眼睛疼，为什么平白无故起了风沙？而他也有点儿哽咽。他顿了顿，打破了我们的沉默。

舒平说："真烦人，我还是去北京吧。"

∅40

不想和我的床分开,就让我做一只冬眠的熊

不知为何,这一段时间里,大家都刚好处于欢欣鼓舞的梦幻阶段。舒平告诉我要来北京。条子找到了一个父母不在北京的机会,计划着开着家里的奇骏 SUV 飞奔万里前往西北去看望安娜。贯中久和丁丁猫在如火如荼地展开两人的甜蜜新恋情。李速溶休假,前往广东见自己的异地恋男友。斯斯在跟组的时候认识了一位不错的男生,正处于美好的暧昧期。就连杨小川也在我的指导下,打开了豆瓣交友的新天地。

在这种全员热情高涨、感情形势一片大好,我的心中充满对未来无比期待、对爱情无比真诚、对生活无比欣慰的情境中,突然收到一份邮件，原以为这并不会让我产生太多苦恼，似乎并不值得一提，但事实不是这样。

我打开邮件，激动得差点儿跳起来掀开房顶，却又立马冷静了下来。那是一封来自英国的录取函。

早在丁丁猫和我都还没有来北京的时候，我们就一直在商量着，如果不着急读研究生，就要像那些拥有间隔年的外国学生一样，毕业后不要这么快投入工作，而是去感受working holiday（工作假期），一边旅行，一边在外国找工作。

我们幻想着，一起去新西兰的牧场挤牛奶，去法国的葡萄酒庄园做种植员，甚至是去英国的艺术园区做义工。我尝试写过很多封邮件，在很多个网页注册登记报名，但是最终都石沉大海。

丁丁猫和我，都在这几个月里发生了翻天覆地的变化。她全家决定移民，让她来北京学英语，而我也在北京找到了工作。

时隔几个月，我坐在团结湖的小卧室里，终于收到了这份迟到的录取函。

这到底是命运的玩笑，还是冥冥中的一种召唤，我不得而知。我哆哆嗦嗦地拿起电话，打给丁丁猫。

今天是周末，贯中久在她家，接起了电话。

贯中久说："她在做饭，让你稍微晚一点儿再打过来。"

我说："好。"

我挂了电话，站起来走到隔壁，杨小川还在睡觉。可不是嘛，上午十一点前，他什么时候清醒过？

我推了推他，他迷茫地睁开眼睛。

我大概简略地跟他介绍了一下前因后果,他坐起来认真地听完。

杨小川说:"你还想去吗?"

我说:"我想,但是……"

杨小川说:"想去就去,没有什么但是。"

我叹了口气:"我也多么希望自己能够说走就走。"

杨小川说:"你是因为舍不得北京的工作,还是因为舒平?"

我说:"工作无所谓,这个义工是一年,一年后我可以再回公司,或者找其他的工作。但是如果我不去,可能就再也不会有这样的机会,让我在自己 22 岁这年能够去英国待上一整年了。"

杨小川说:"所以是因为舒平了?"

我说:"本来我想去英国读研究生,他就很排斥。现在我来了北京,他也打算来北京,如果此时我再告诉他我要去英国,他大概会崩溃吧。"

杨小川说:"你知道吗?你不能总是停下来等他。他跟不上你,你就应该放手。"

我说:"所以异地恋就那么可怕吗?其实你们只是不相信,我即使去英国了,还是会爱他,就像我现在来了北京还是会爱他一样。感情难道就这么禁不起距离的考验?"

杨小川叹了口气,不想再跟我争论这个问题。他问我:"这个义工是在艺术园区吗?"

我说:"是的。"

他说:"去英国不管干什么,学习,或者做义工,对你扩展视野、写作、编剧,都有好处。如果你是想问我的意见,我建议你去。

但是你到底怎么选择,就是你自己的事情了。"

他躺下来,翻个身,不再理我,再次进入他的白日睡眠。

我呆呆地坐在床边,脑子里一团乱麻。在我理不出头绪,想要去找丁丁猫的时候,我收到了条子的一条微信,顿觉脑后一个晴天霹雳。

条子说:"今晚组局,狐狸来北京了。"

狐狸是和我同届的大学男生。他很像一只胖胖的狐狸,脾气时而凶到爆炸,时而温柔到掐出水。我说自己被鬼压床了,他就半夜跑过来给我一串佛珠。我不知道为何闹脾气,他就会像兄长一样安慰我、鼓励我。我因为感情问题离校出走,他和几个朋友找到我,发现我手机没电了,强迫我去买了好几块备用电池,让我天天挂在脖子上,不要再让大家担心。我恋爱了,他为我感到高兴;他失恋了,我陪他坐在草地上喝酒。他大概是我大学最好的男生朋友。

我们的校内网上,有彼此很多的"黑照片"。我喜欢拍他挖鼻屎,而他总能把我拍成比本身胖两倍。然而在毕业前夕,因为那时候我和夏琦、陈瑷的决裂,也牵扯到了他,故事的结果是,他没有站在我的身后。

那天,他在校内网发了一句话,大意就是在骂我,不珍惜身边的朋友,自私自利,活该失去一切。

我不介意其他朋友怎么看待我,唯独对狐狸,我受不了。看到那条校内状态,我终于崩溃,把头埋在枕头下面不争气地大哭了一场。哭完之后,我注销了校内网账户,不再去看那些友谊存在过的证据,也是对自己的大学时代做彻底的告别。

但其实细想想，除了丁丁猫和斯斯之外，在毕业后，我大概失去了全部的朋友，狐狸只是其中之一，我曾经最在乎的之一。那些无奈的过往、不愿意面对的日子，又一一闪现在我的眼前。

我逃离了珠海，逃离了大学，却没有办法变成一只鸵鸟躲在沙地里，不去面对这些突如其来、带着潮湿回忆气息的旧人。我大可以告诉条子，今晚我不去了，我有事。但是我真的想知道，如果我的内心已经忘了我们曾经有过的不愉快，会不会时间真的可以抹去那些裂痕，把我们再带回美好的记忆中去。

我问条子："哪里？"

条子说："1308。七点半。"

1308，三里屯附近的一家德国啤酒吧，我们常去。一杯啤酒像桶那么大，粗壮的德国香肠和硕大的汉堡咬起来肉汁满溢，热辣又性感的德国妹子高歌吟唱，让你几乎听不到邻座的声音。那是一个热闹到近乎不真实的地方，一桶麦芽酒灌下去，再没有什么矛盾值得深究。

况且我知道，还有 Tom、几个学姐、丁丁猫、贯中久、杨小川、条子同去。我想，死就死吧，就算打起来，这场面应该也不会太难看。不打架的酒吧怎么能叫酒吧？

我说："好，我去。"

⊘41
对食物很热忱的人对待感情也是一样

我设想过与狐狸的一百种见面方式,或者我们装酷,在四目相对的时候做点头之交,或者我们尴尬地让视线永远不要重合,整个晚上在相隔遥远的座位上不必开口说话,或者我们一见面就吵,痛诉自己认为对方曾经犯下的错误,最后极其幼稚地互摔酒瓶子,把整个1308酒吧砸个稀巴烂!但是我怎么也想不到,我们见面很平静,平静得像从未发生过那段伤心的故事。

晚上,在"1308"见面,我和杨小川到的时候,狐狸和其他人已经都到齐了。我走过去,狐狸热络地和我们打招呼,我来不及做任何反应,就坐在他正对面的空位上。我还没想好怎样独自品味这种再见旧人的尴尬与退缩,狐狸就开口了。

狐狸说:"你在北京工作怎么样?"

我抬起头来,对上他的视线。

他的眼神我太熟悉了,四年的朋友,我们面对面坐在"大家乐"、坐在学二和学三食堂一起吃饭的次数,坐在小组讨论、坐在宿舍楼下的次数,或许比和恋人在一起的还要多。

或许曾经的狐狸就像现在的杨小川,他是我除了恋人以外,动摇的时候最想要询问的人,也是互相调侃着把对方往死里黑,心里却知道,要是打起群架来,可以放心把背后交给他的人。

我有点儿走神,但马上整理好自己的一丝慌乱,说道:"还挺好的,我和杨小川、贯中久在一个公司。之前高原也在,上个月辞职了。你……"

我很想问狐狸"你最近还好吗",但是被吵闹的德国性感女歌手打断,等到她唱完一首歌,狐狸已经被Tom和杨小川拉着喝酒去了。

我苦笑着,觉得这种感觉着实诡异。

我发自内心地想要知道,他最近过得还好吗?感情还顺利吗?回到老家,还在坚持拍电影吗?会不会很累?身边有没有朋友?还有一直和他保持联络的夏琦和陈瑗,她们怎么样?但是这些话我始终没有机会说出口。

整个酒局,大家都在快乐地喝酒,激烈地碰杯,让黄澄澄的麦芽酒泡沫洒得到处都是。Tom、狐狸和贯中久,这三位体形分别像圆球,胖狐狸和熊的朋友聚在一起,点了一盘又一盘德国大烤肠,大概很久没有这么豪迈地吃闹了。

条子作为在北京和家人住在一起的人提前离场，几位学姐也终于撑不住第二天要上班而跟着一起离开。丁丁猫因为不舒服，当天没来参加。两点之后，"1308"的人流渐渐散去，性感驻场女歌手终于和她那三个长相清奇的乐队成员一起下班离开。

我望着整个空荡荡的大厅，除了旁边两桌喝大酒的客人，就只剩下了我、杨小川、贯中久、Tom 和狐狸。三个学长都不知道曾经我和狐狸在学校发生过什么。喝高了的 Tom 最喜欢做的一件事就是拼桌。

因为和自己同桌的人碰杯，根本已经想不出来要敬对方什么了。Tom 对隔壁桌的三女三男招手，问他们要不要过来拼桌。对方看起来是六位周末加班后前来酒吧聚会的同事，还穿着金融业高级白领的衬衣和职业裙装，高高兴兴地坐了过来。

杨小川和 Tom 轻车熟路地和新来的女生们开始聊天、喝酒。贯中久和狐狸也分别和其中两位活泼的男生开始了划拳、行酒令。而挤到我身边坐下的是一个看起来是这群人领导的灰色衬衣男生。他年纪稍长，长相一般，行为极其猥琐，喝得醉醺醺的。他尝试靠过来跟我聊天，我却完全不想搭理他。突然，他把一只手搭在我的肩膀上，问我："妹子，大学毕业了吗？来，来，陪哥哥喝酒！"

我去拿酒杯，顺势逃脱他的手。我在桌子下面用力踢了一下杨小川的腿，让他注意一下我这边的情况。但是他正紧紧地靠着新来的女孩，两个人头凑一起说着悄悄话，丝毫没有察觉我发来的信号。

我又隔着这位灰衬衣男生的酒杯，趁他不注意把桌上烟灰缸打翻，烟灰弹到坐在另一侧的贯中久和 Tom 的腿上。但是贯中久和 Tom 都忙得很，Tom 毫不在意地扒拉掉腿上的烟灰，完全没有望向我这边一眼，而贯中久已经喝多了，正在跟人英文夹杂日语神侃弓箭与日本传统文化。我估计现在就是有人放火把他的裤子烧个洞，他也不会停下来。

灰衬衣男生继续过来贴着我坐，又给我斟满了一大杯啤酒，说："来，干杯！"

我说："我不能喝了，我今晚喝得很多了。"

灰衬衣男坚持说道："你喝，你喝。你喝了这杯，我给你买一部iPhone！"

我心想，去你的，谁稀罕你买手机。但是，我又不好直接拒绝，只能一边继续跟他打太极，一边给杨小川发微信。

我在微信里说："杨小川，你快救我啊！这个大叔我掌控不住了！"

⊘42
大家还是不要在深夜轻易做出决定

杨小川的手机响了一声,但是他根本没有打算拿出来看,对这种情况我真的是无言以对。就在灰衬衣男还想进一步把我搂在怀里的时候,一直坐在对面玩划拳的狐狸突然对我说:"狮子,你要不要一起过来玩?"

我赶紧点点头,一溜烟地跑到他身边坐下,虽然我不会划拳,但是只要能让我摆脱那位灰衬衣男,现在就是玩吃狗屎的游戏我也得参加啊!

我走之后,灰衬衣男又坐在对面独自喝了一杯,一直试图插嘴进入周边的几个小阵营,却一直没能成功。正当他快要忍不住发火的时候,一位服务员过来礼貌地提醒我们:"对不起,我们店要打烊了。"

灰衬衣男如释重负地说:"那我们换地方吧,下一轮哥请!"

杨小川终于拿起手机,看时间的时候顺便看到了我的微信。他抬头看了看我,我给了他一个眼神,他立马心领神会,站起来说:"不了,我们的朋友明天还要坐飞机,就不玩了,下次再见吧,各位。"

Tom 和贯中久属于可继续可不继续的,但是贯中久似乎玩了一晚上,才终于想起还有一位女朋友在家里等着自己,便跟着杨小川说:"是啊是啊,狐狸明天的飞机,还是散了吧。"

而我跟着杨小川收拾东西,直到和大家一起走出"1308",都一直没有机会单独跟狐狸道谢。谢谢他在酒局里注意到我的窘境,出手替我解围。或许对于他是举手之劳,对于我来说却是雪中送炭。后来,我问条子,当狐狸知道那天晚上我也会来的时候,他有没有说过不想见我。条子告诉我,狐狸说,都是过去的事情了,大家都是成年人,没有什么好避而不见的,也没有什么好尴尬的。

或许在我心里,一直隐隐地期望我们见面还在尴尬,因为那样至少能够说明我们曾经发生过什么。而现在,我和狐狸,已经如同两条射线交会成×,在中点上短暂相聚后,又无止境地越来越远。

我对于相聚和分离总是放不下。我羡慕那些情感冷漠的人,因为我舍不得任何朋友离开我的生活,舍不得他们渐渐淡忘我们的过去。对于过去的执念,让我对现在所拥有的一切患得患失。

我无法想起那天晚上我和狐狸是怎样道别的,就像我也想不起来，在大学毕业时是如何与他道别的。

我喝了很多的酒，和杨小川一起回到家。我醉意蒙眬，心里翻涌着很多往事，说不清的情绪。我抱着小黑，却怎么也无法入睡。我不想像失去狐狸一样，失去丁丁猫、贯中久、Tom、条子、李速溶、斯斯……

我不想失去杨小川……

最最重要的是，我终于看清楚了自己，我不想失去舒平……

我不去英国了！

我坐起来，打开电脑，回复那份来自英国的录取函。小黑蜷缩在我的怀里，我伸手摸它，它不太舒服，狠狠地咬了我一口。我恼怒，却又只是更加轻柔地安抚它。我爱小黑，也爱舒平，因为在他们身上，我能够强烈地感觉到被需要。这对我来说，似乎是一种变态的安全感，即使他们在用一种常人不能理解的方式来表达自己的爱。他们的脆弱，是我驮负的重担，也是我心甘情愿拥有的存在感。

天蒙蒙亮，我回复完邮件，辗转难眠。我知道自己想要认识很多有趣的人，做很多有趣的事情。如果不能够去英国，那么在北京我又能怎样达到这样的目的呢？

我打开豆瓣四处溜达，一篇文章吸引了我。我兴奋地发现，即使我日常上班，也有办法在晚上认识很多五湖四海来的人了！我做出一个伟大的决定，我要做北京沙发主，接待全国各地前来短暂停留的沙发客们！

沙发客，意思就是睡别人家沙发的人。一些背包客会选择借宿当地人家里的沙发，寻找具有特色的沙发旅行，或者跟随当地人感受地道的生活方式。我可以铺好地铺，让沙发客睡在我小卧室的地板上，也可以和杨小川讲好，让沙发客睡在他卧室里的沙发上。

白天，我去上班，沙发客自由活动。晚上，我回家了，可以带沙发客去吃好吃的，游览北京。然后我们回到家里，喝酒，聊天。每位沙发客，都带着独特的经历前来，用故事来换一晚住宿。

天哪，我简直被自己的机智所折服！我简直马上就要成为"深夜食堂"里的老板，招待客人，每晚一个睡前故事！然而，当第二天我把这个想法告诉杨小川的时候，他竟然给了我这样的答复——一个我完全没想到的脑回路。

⓪43
一个千疮百孔的家必然有它的历史

当我跟杨小川说完我想要接待沙发客,把我们团结湖小红楼变成接纳五湖四海同胞的免费客栈时,杨小川严肃地想了一会儿,并没有跳起来大骂我幼稚,而是跟我约法三章。

杨小川说:"你想去豆瓣发帖,接沙发客,可以。但是你要接待的每个人都要先给我看下是谁。"

我说:"没问题,毕竟是我们共同的家,来客人了,我肯定想跟你打招呼说清楚。"

杨小川说:"你只能接待女生。"

我说:"没问题,我本来也是只想接待女生,男生不管睡哪里都很不方便。"

杨小川说:"来之前要对方发自己的素颜照片过来。"

我说:"没问题。咦?发照片我理解,为什么要是素颜照片?你这是什么脑回路?"

杨小川说:"我得看看是否fuckable(可亵渎)。"

我无语了,说:"你要死啊,我是接沙发客,又不是给你拉皮条!"

杨小川贱兮兮地说:"你是接沙发客呀,但是沙发客自己万一爱上我,你就管不着了。"

我翻了翻白眼,懒得跟他继续这个话题。

我只是惆怅地想到了一个问题,我们家厕所门一直是坏的,洗澡不能锁门。我习惯了就算了,但是来了别的女孩子发现这个会很崩溃啊。

杨小川无奈地耸耸肩,说:"这个锁没办法修好,只能整体换门了。"

我说:"这个锁到底是怎么坏的,坏得这么彻底。"

杨小川说:"你记得王戈吗?有次跟我们一起在天堂超市喝酒的那个。"

我说:"记得,就是那个喝多了之后非要拉着我用他的手机给我算命,说我两年之内必然不再是处女的那个胖学长。"

杨小川深吸一口气,说:"是王戈用菜刀把门砍坏的。"

我一脸震惊地望着杨小川，我说："为什么？！"

杨小川很淡定地说："你还没来北京的时候，我和王戈、贯中久、Tom，还有好多人在我们家喝酒。我喝多了去厕所，过了几个小时都没有出来，他们怎么敲门撞门，都没回应。王戈觉得我是不是死在里面了，就在大家的怂恿下拿菜刀把门砍开了。大家破门而入，十分神勇。当然我并没有死在里面，我只是睡着了。"

我跑到洗手间门口看了看那扇伤痕累累的门，这么一说，果然是被菜刀砍坏的，才能够坏得如此彻底。

我想到胖胖的王戈学长一脸正义地持刀砍厕所门的画面，而其他人都在旁边一本正经地鼓励加油，笑得差点儿撒手人寰。

杨小川严肃地说："你笑什么，你要是那把菜刀，你还笑得出来吗？！"

我还是没忍住，仰天大笑了一分钟，终于停下来。

我说："我终于知道为什么我们家的菜刀那么多豁口了。我问你，为什么那个煮面条的奶锅底那么凹凸不平，是不是你喝醉了用奶锅敲自己的头来着？"

杨小川说："不是的，是有一次，我晚上喝完酒回家，又饿又困，就想煮面吃，开着小火烧热水，还没烧开我就睡着了。结果第二天醒来，发现我一晚上没关火，于是锅就被烧成这样了。"

我说："杨小川，你真是旷世奇才！你哪天要是把墙壁戳出个洞来，我也不会特别惊讶，真的！"

杨小川沉默良久，说："其实真的戳了个洞，你不信去我床旁边看看。"

杨小川领着我站在床边，把他贴在床上靠近墙那一边的一张明信片摘下来，后面真的有一个直径五厘米的洞。

我说："呃，我不想知道这个洞是怎么来的。"

杨小川说："我也不是很想说。"

两人沉默望天花板，我说："走吧，去上班了。"

他说："好的。"

我们两个人沉默地各自换衣服、穿鞋。这个房子千疮百孔，真的不是我的错！未来会来的沙发客们，你们不要怪我！我在内心默默大喊！

刚到公司，我咖啡还没冲上，包还没放下，CC就高高兴兴地跑来跟我说："狮子，咱们今天可以出去玩了！"

我说："虽然我知道我们每天都趁老板不在在公司摸鱼，但是明目张胆地出去玩，珍姐看见要骂人的。"

CC扬起她漂亮的巴掌大的小脸，把一张行程单拍在我面前。我拿起来仔细看看，原来是制片人让她做的关于剧本里面的场地统筹表格，关于北京的场地已经被她用红笔标注了出来。

CC得意地说："制片人说让我在北京四处找一找合适的场地拍照做参考，以四合院和胡同为主。我说你必须跟我一起去，因为你对剧本里的场景要求比我更熟悉。"

CC 凑到我耳边，小声地说："这样我们就可以合情合理地在工作日出去玩了。"我打了个响指，连包都懒得放下，说："出发！"

贯中久和杨小川一脸懊丧地看着我们两个蹦跳着准备出发。能够和 CC 这种浑身白得发光的女孩一起出去玩，真是一件让人赏心悦目的事情，况且这可是工作日啊！北京今天天气大好，我整个人都不自觉地兴奋了起来。

杨小川在后面不甘心地喊着："过马路注意安全啊！"

贯中久也嘟囔着："需不需要我也去帮忙照相呀？看场地为什么不喊我？我可是公司的美术啊！"

我们头也不回，手挽手跑了出去。

进入电梯后，我很自然地按下了 1 楼，而 CC 按下了 B1。我才意识到，在办公大楼里坐电梯，按下哪个按钮，是决定每个人社会阶层和心理状态的关键因素。况且，到了地下停车场我才发现，CC 开的还是跑车。

⊘44

开跑车的女生也可以想要吃豆浆、油条的人生吗?

坐在 CC 的跑车里经过团结湖,看到熟悉的人行天桥和《北京青年报》的大楼在车窗外急速远离,一瞬间我有种奇异的感觉,似乎坐在跑车里经过的东三环和坐公交车经过的东三环,甚至与坐在杨小川摩托车后座的东三环,并不是同一个地方。

这是我和 CC 第一次单独离开公司约会,如果在胡同里四处拍照找四合院以及迷路算是女孩们的约会内容之一的话。

CC 抱怨说:"如果我家没有把原本在这附近的四合院卖掉就好了,这样就不用我们大费周章地去重新找了。"我一面啧啧感慨 CC 家之有钱,一面问 CC:"为什么你要来我们公司?实习期没有工资,即使实习结束后，5000块的月工资大概就刚好够支付你每天的停车费用。"

CC耸耸肩说："回国之后总要找一份工作，先做着看看吧。也不一定实习结束后我就会留下来。来这个公司，其实是因为我之前去看了心理医生，医生建议我，如果想缓解压力，可以尝试去工作。"

我惊呆了，我实在想象不到这么完美的女孩有什么苦恼会严重到需要去看心理医生。CC和我在太阳下走了很久，终于找到一家小卖部买了两瓶老酸奶，我们坐在街边喝着乘凉。

CC毫不在乎地把她的爱马仕包包扔到马路牙子上，虽然那是我多年后回忆起来才认识的爱马仕。

我想了一会儿，还是没有忍住问她："为什么你要去看心理医生？"

她说："因为我总是梦见杜衡会出轨，这让我压力很大。杜衡是我男朋友，他现在还在国外读研究生。"

女孩一般不会轻易打开深究情感问题的话匣，但是在我们接下来一个多小时的讨论里，我们分别理清楚了对方两年来与恋人的所有时间线和感情变化、星座、血型、身高、样貌，最后得出了一个惊人的结论——腿坐麻了。

不，是我和她的恋人杜衡，各方面都太像了，不仅是星座一样，追求自由，想要成就一番自己的事业，对异地恋的盲目乐观，对恋人发脾气后的低声下气求和，对矛盾冲突的极力避免，等等。CC觉得这一切都惊人地一致。

而CC和舒平的星座一模一样，崩点低，没安全感，也让我有种看见了爱情观里女版舒平的错觉。

CC说："我父母希望我快点儿结婚生孩子，稳定下来。当然，我也这样想。但是，杜衡，或者你这样的人，为什么非要这么大年纪了还要去读书？我在英国念完了研究生，其实觉得根本也没什么好念的。"

我心里如同被一根隐形的针轻轻扎了一下，因为CC所念的大学和研究生，是我在毕业时就犹豫是否要去的地方，是我梦想中的首选。

我以为，像她这样的女孩，有着光鲜的留学背景、极其富豪的家世，对工作可做可不做的心态，漂亮，优秀，不惧承担任何溢美之词，不会是一个想要结婚生孩子、只想回归家庭生活的女孩，至少不会因为恋人想要读书而不是马上和她结婚就会不快乐，还会焦虑到去看心理医生。似乎只有我这样一无所有的人才会想要得到些什么，执念些什么吧。

CC问我："舒平希望你回珠海，你为什么不回？你真的觉得待在这个公司就能写出电影剧本？"

我说："你觉得我是不是应该回去？"

CC说："是，他对你的那些极端表现，都是因为他缺乏安全感。我也一样，我经常觉得马上就要失去杜衡了，就要对他发脾气，生气。但是你相信我，我们孪毛星座的人，生气的时候说的话都是谎话。我们让你滚，就是让你别走。你应该回珠海，和他结婚。这是解决你们感情问题的唯一办法。"

我说："你觉得杜衡会现在从国外退学，回北京跟你结婚吗？"

CC说："不会。"

我们两个人喝完饮料，默默地戳着吸管不说话。

CC突然叹了口气说："你们真烦。"

我说:"你们也一样。"

不管怎样,在这个找场地的下午,我们并没有找到达到剧本要求的四合院,却因为分享彼此感情的秘密与苦难,而意外萌发了一小段友情。

CC送我回去的路上,我告诉她,我和杨小川住在一起,我们一人养了一只长毛大白猫,小黑的眼睛是天蓝色的,甜甜的眼睛是杏黄色的。

CC说:"我不仅养了两个猫,还养了一只苏格兰牧羊犬。"

我们互相交换着宠物的照片,她突然兴奋地说:"要不一会儿去你家吧,看看甜甜和小黑!"

我心里一紧,脑海里浮现出我那个千疮百孔的家、乱七八糟的楼道,还有大概只有十平方米的阴暗卧室、斑驳的墙壁,于是脱口而出:"不要了吧!"

CC奇怪地望着我,问我:"为什么?"

我支支吾吾地说:"今天,就不要了吧。今天什么也没有准备。等我下次收拾干净,买了菜,回头在家做饭给你吃。"

CC说:"看不出来你还会做饭啊,那我下次来你家吃饭吧!"

我真想一闷棍打死自己,别说做饭了,其实我连生菜和圆白菜都分不清。

但是话已至此,我只好硬着头皮答应她。

CC送我到了团结湖,在我下车的时候,热切地说:"狮子,你是我认识的人里面唯一一个还在用诺基亚手机的!"她的语气里没有任何调侃或者鄙视,就是一种很开心的发现,好像这样我在她眼里有了一个特别之处。

我说:"嗯,因为是和舒平一起买的,所以舍不得换掉。"

CC 说:"以后就管你叫小诺了。这个外号,只准我这么叫你!"

那一瞬间,我仿佛变成了《大话西游》里的至尊宝,坐在水帘洞天的门口,脚底板被烫了三颗痣。而离开的紫霞仙子,一副无法无天的做派,笑着对我说:"以后你就是我的人了,跟我的驴一样,给你盖个章。"

CC 的跑车开远,我发现她的牌照也是 CC。我站在路边分了一会儿神,我想,我真是很喜欢这个姑娘。刚准备上楼回家,一看手机,突然发现李速溶几分钟前给我发了一条微信。

她说:"现在能来'崔红潮'吗?我刚下飞机,有件事我只想跟你说。"

我回复了她,就马上冲向了"崔红潮"。

⊘45

还是只有喜剧电影才能够拯救我们脆弱的人生

我跑到"崔红潮"的时候,李速溶已经点好了一盘猪肉白菜水饺,吃得津津有味。当时已是初冬,夜色将至,我上气不接下气地跑步过来,进门脱下外套,望着饺子冒出的腾腾热气,馋得不行。

饥肠辘辘的人坐在一个温暖的餐馆里,这种画面大多是日本温情漫画的开场。但是,在被雾气笼罩的镜片前,看着坐在对面模糊的李速溶,她接下来要跟我讲的事情,却让我一回忆起来就不寒而栗。

我点完一份芥菜猪肉饺子、一份热豆浆,搓着手着急地问李速溶:"你杀人啦?微信里说得神神秘秘的样子。"

她一改往日咋咋呼呼的女神经病形象,语气里是克制的镇定,眼神里却是无法掩饰的不安。她说:"昨天是我离开广东前的最后一天,因为今天要坐飞机,所以昨晚我和我的男朋友小楼住在机场附近的酒店,离市区很远。"

我坏笑着说:"哎哟!住酒店啊,当晚是不是……"

李速溶接着说:"你别闹,小楼昨天让我安顿下来,就去准备开工拍戏的事情了。本来没什么,晚上我一个人在酒店加班,写电视台的稿子,然后心情就十分不好。"

我说:"对啊,休假写稿子,心情不可能好。"

她说:"屋子里全是镜子,让人瘆得慌。我想打电话,却发现所有人都在忙,好像所有人都约好了一样联系不上。"

我说:"大半夜的,大家会很忙吗?除了杨小川,大半夜一般他都……你懂的。但是说起来,你没打给我吧?"

李速溶说:"你的电话正在通话。"

我想了想,说:"好像是昨晚在和舒平煲电话粥。那你接着说,之后呢?"

李速溶说:"我去照镜子,觉得镜子里的自己很陌生,只要注意到了镜子里面的自己,就只能下意识地一遍遍去确认,这个人到底是不是我?我一边逃避这种感觉,一边联系所有我想要联系的人,却根本没有用。"

我想了想,问她:"你这次回到广东,是不是回了学校,见了很多以前的同学?"

她说:"是的,我坐在酒店里,突然好像卡在广东生活的过去和北京生活的未来之间的缝隙。我脑子里面全是之前学校里的人和事,乐队、纪录片,又想到了马上要回北京这里自己独居的房子、电视台的烦琐工作。我觉得自己快要爆炸了。"

我说:"这种类似的感觉,我在上次离开广东的时候也有,但是我只要想到马上要回北京就很开心。我猜,是因为异地恋太久了,你潜意识里舍不得离开小楼,也舍不得和过去的大学生活道别,才会这样。"

李速溶说:"我不知道。我只是在想,到底是为什么,在如此短暂的时间里我会发生这么大的转变。我突然对真实世界产生了怀疑,分不清自己是不是在做梦。"

我说:"然后呢?"

李速溶说:"我想开门下楼去转转,却发现整栋楼都似乎空荡荡的,没有一个人。前台的电话没人接。我打开窗帘透气,发现窗户外面是一面墙。我被压抑得快要崩溃,好像被困在这个酒店里了。"

我捂着胸口喊着:"天哪,是不是要发生灵异事件了?!"

李速溶瞪了我一眼,没理我,接着说:"我想大喊大叫,却发不出声音,我不敢再去照镜子,看着自己的样子我会害怕。最后,我瞪着那面窗外的墙,觉得快要喘不上气了,就打开电脑看了一部喜剧片。看完觉得太好了,这肯定不是我做的梦,因为我自己是编不出来这么好的电影的。"

我听完她的故事,有点儿毛骨悚然,最后,还是问了关于这个惊悚故事的关键问题。

我说:"这部电影,叫什么名字?"

李速溶说:"《三傻大闹宝莱坞》。"

我说:"确定刚刚这个故事不是这部电影的软文?我听说最近这部电影国内引进要上映了。"

李速溶差点儿拿筷子插起一个饺子扔到我的脸上。

我们又聊了聊广东、以前的同学以及她错过的狐狸来北京的聚会,最后,我们终于又回到了酒店灵异体验这个话题上。

我说:"你应该是心理压力太大了。电视台到底有什么好,工资低,又不是你想做的纪录片方向,现在哪里还有年轻人看电视。"

李速溶说:"不是工资低,是没有工资,我应该整个实习期都是没有工资的,也没有编制。"

我说:"这么久了,你还没实习完?"

李速溶说:"实习期是一年。"

我刚要开启自己鸿篇巨制的演讲来劝说李速溶离开电视台,投身我们伟大的电影事业,突然有人从外面敲了敲我们身边"崔红潮"的玻璃门。

我和李速溶转头,看到穿着情侣毛衣的丁丁猫和贯中久站在窗外向我们挥手。

⊘46

让整个世界都明亮起来的可爱的你

我们结完账,走出去跟丁丁猫和贯中久会和,我冲过去给了丁丁猫一拳。

我说:"你这个浑蛋,自从谈恋爱了几乎都见不到你。是怎样,连体婴儿吗?就不能偶尔单独约我们吃个饭,聊个天,吐槽一下情郎啊?"

丁丁猫咯咯地笑着,手还是被贯中久紧紧地牵着。看这样子我就生气,以前出门都是我和丁丁猫手拉手的,现在却只能在贯中久的朋友圈秀恩爱时才能看到丁丁猫的身影了。

丁丁猫和贯中久也刚刚在附近吃完饭,正准备商量接下来去哪里喝顿酒，就碰到了我们。我们毫不客气地要求加入，做太阳级别的电灯泡，作为异地恋的受害者，我们高举着火把。

站在门口的我们，在寒冷的团结湖街道上哈着气聊着天。我原本以为，听完了李速溶的故事，偶遇了丁丁猫和贯中久，这个晚上就会这样与我们之前无数个在"崔红潮"吃饭的普通夜晚一样，却没有想到，贯中久的一句话，让一个新的生命进入了我们所有人的生活。

贯中久说："丁丁猫怀孕了。"

怎么可能？！当然不是这句话！

贯中久指着"崔红潮"餐馆对面漆黑的街角，说："你们看，那是什么？"

我看到一只小松鼠在不远处蹦跶。是真的蹦跶，走路一跳一跳的，还不时回头看看我们。

我兴奋地叫道："松鼠啊！"

贯中久鄙视了我，他十分有把握地说："那是一只小猫！"

我和丁丁猫两个爱猫狂魔连忙朝着小猫靠近。

贯中久说："猫这种动物，你们见面跟它打个招呼就行了，不要去抓它。"

但是我和丁丁猫怎么会理他？就连对猫不太感冒的李速溶也忍不住凑过来看看。

丁丁猫振振有词地说："这里是马路边，一只这么活泼的小野猫在路上蹦跶，不带回家的话，它会不会过不了北京的冬天？"

我们几个人围住小猫，合力捉了很久才捉到它。而它被摁住后，一直在我们的怀里挣扎。李速溶赶紧重新返回"崔红潮",再出现的时候,手里多了两个肉饺子。我抱着小猫,小猫抱着饺子,啃得自己满身都是。

我说:"看来是饿坏了。"

丁丁猫被它吃东西的样子萌得站不住脚,她兴奋地说:"我想要带它回家,我一直想要养一只猫。"

贯中久冷静地说:"大半夜的,宠物店都关门了。我们没有猫粮,也没有猫厕所。"

丁丁猫对着贯中久撒娇说:"可是我真的想要养一只猫。你看它,多可怜,眼睛红红的,好像是发炎了。"

我决定折中一下,便提议说:"先带回我家吧,等你们买好了猫砂猫粮再接走。"

贯中久只好耸耸肩,表示答应,丁丁猫开心得像疯了一样,一直在摸小猫的脑袋。

这真是一只极其小的猫,两三个月不到的样子,三黄花色。它和小黑被我抱走坐上出租车后温柔安静的反应完全不一样,这只小东西被我抱回去走在路上的时候,一直在努力啃我的胳膊,并且发出喵哇喵哇的大叫。真是只有精神的小猫呢!

贯中久愤愤不平地在旁边说:"你们这是拐卖未成年儿童,人家在街道上流浪得好好的,为什么要把人家拐走?"呵呵,丁丁猫和我才不会理会他。

回到家,大白猫甜甜马上冲过来把小猫从头到脚闻了一边。甜甜平时很孤独,小黑完全不理它,也完全不出我的房间,所以,甜甜见到这样一个软乎乎的小不点，简直激动得不行，抑制不住自己亢奋的少年心。而小猫完全不怕甜甜，当着甜甜的面，张嘴就把甜甜的猫盆吃了个干净，然后找了个最舒服的地方睡着了——它睡在了小川的地毯上一只毛绒兔子的怀里。

甜甜就守着这个初来乍到的脏小萝莉，大气不敢出。等到杨小川回到家，发现他的卧室里满屋子的人着了魔一样围在沙发上看着一只小奶猫睡觉，一个个仿佛《指环王》里的咕噜姆捧着魔戒，眼里满满的"my love, my precious（我的爱，我的宝贝）"！

大家七嘴八舌地跟小川解释了一下小猫是怎么捡回来的，为什么要先带回来这里。贯中久还挣扎着反驳我们，他说："不是捡，是拐卖！是从大自然的怀抱中硬抢回来的！"然而，没有人理他。

小川说："喔，这只小猫，脑袋长得圆圆的，身子也长得圆圆的，干脆叫球球好了。"

大家纷纷点头同意，贯中久想要给它起名叫悟空，被其他人直接无视了。很晚之后，贯中久才拉着依依不舍的丁丁猫离开，李速溶也跟着离开。

我跟杨小川说，丁丁猫现在决定养猫，看来她是铁了心不想出国了。杨小川根本没注意到我说了什么，他此时正十分痴汉地趴在地板上，假装自己正在和球球、甜甜，还有那只粉红色的毛绒玩具兔子一起入眠。

我回到自己的房间，高贵冷艳的小黑正站在床头。看到我回来了，它跳上了我的枕头，似乎在对我说："奴才，来给朕侍寝吧。"而我嘁了一声，搂着它安安稳稳地准备进入梦乡。

我例行给舒平发信息,我说:"丁丁猫捡了一只小猫,特别可爱,暂时寄养在我这里。虽然小黑不一定会喜欢它,但是甜甜很喜欢它。真希望甜甜能够和球球一直做好朋友。晚安。"

那时候,我们谁也没想到,球球之后会一直和我们生活下去。因为谁也没有想到,就在第二天,丁丁猫的父亲突然决定来北京了。

⌀47

真爱这种存在是不是只能有一个人

导演由于拍其他项目，消失了一段时间。这天，是他首次出现在公司的重要日子。我和杨小川、贯中久、CC都很早就到了公司，等着和导演开会。

杨小川趁着导演还没来，走过来跟我们说："Tom今晚约吃饭，你们去不去？"

我说："不了，我今天要和丁丁猫带球球去打疫苗，然后找医生看看它的眼睛红红的是怎么回事。"

贯中久问："还有谁去啊？"

杨小川说："就那些，小A、她姐妹、李速溶、Tom的几个朋友。

条子好像不在北京,他应该已经出发去西北看安娜去了。"

贯中久似乎在思考是否要去。我问他:"全世界都能看出来小A想睡你!你不跟我们一起去给球球打疫苗,自己去见小A?"

贯中久耸耸肩,说:"球球本来就不应该被捡,你们这样在路上看见一只猫就强行拉回家是不对的。"

我说:"你别强词夺理,先回答我的问题:你能不能以后都不要再见小A了?"

CC在旁边一脸好奇地问我:"丁丁猫我见过,那个很黑很欢脱的妹子。小A是谁?"

我说:"就是一个朋友的朋友,曾经和贯中久激吻过。"

杨小川适时地举着自己的手机喊道:"贯中久,你快来看,小A专门发微信问我你今晚去不去,她说很想你哟!"

贯中久看看我和CC,又看看杨小川,说:"这样很为难啊!"

我炸毛了,真想一拳把贯中久揍趴下。我质问他:"你为难的点是什么?难道你还想睡小A?"

贯中久说:"那倒不会,她实在太瘦了。"

CC也炸毛了,一针见血地问他:"如果她身材极其好,又愿意投怀送抱,你就会考虑睡她了吗?"

贯中久也不能排除这种可能。我和CC对视一眼,两个人心里都在哀号,完蛋了。在我们这一大群异地恋的朋友里面,就只有贯中久和丁丁猫可以每天甜蜜地黏在一起。

而我和CC这种对男朋友的忠诚度只能依靠自己对感情的谜之自信,此时却眼睁睁地看着一个正在热恋期的男生说自己有可能会去睡另外一个女生。这种移情心理的打击,无异于是对更为脆弱的异地恋判处死缓。

我突然想明白了一件事情,不甘心地问贯中久:"你的真爱,到底是前女友还是丁丁猫?"贯中久没有回答。但是,我想我已经知道了答案。

我想起来,在贯中久和前女友异国恋的时候,我能感觉到他的眼里根本没有女生这个物种,大概全世界只被分为他远在日本的恋人和其他人。

那一刻,贯中久对于丁丁猫、对于小A的态度,他的那些奇葩的言论、盲目热烈的秀恩爱,这些谜团,都在我心里迎刃而解。

杨小川用一副"好哥们儿,我懂你"的表情望着贯中久,说:"你今晚还是别去见小A了,你要是去了,狮子肯定转头就告诉丁丁猫。"

CC和我还想再说些什么,只见导演和制片人推门而入,我们只好中断了讨论这些感情琐事,投入到解救中国电影事业的工作。

开会的时候,我只记得导演一直在说某场动作戏要怎么设计,但是思维还是忍不住飘到贯中久和丁丁猫的感情问题上。丁丁猫是我最好的朋友,我真的没办法忍受她喜欢的人这样对待她。

导演突然问我:"小妹,你对这段戏有什么看法?"

我脑袋卡壳,只好支支吾吾地说:"导演,您刚刚语速太快了,能不能再慢慢地说一遍?粤语有些词我听得不是特别明白。"

导演说:"好,那我用普通话再说一遍。就是这个戏呢,我们要有impact!我要这样bong, bong, bong, biu, 啊, dadadadada, 最后biubiu, bong!哐叽!落在地上,然后他们飞起来,然后继续……"

我看着导演手舞足蹈地比画着这一整段打斗戏,脑袋里面一团糨糊,我求助地望着杨小川,杨小川马上热切地把话题接了过去。

杨小川说:"我明白,导演的意思就是说这段特效要做得精彩,要各种大场面,要爆破,要迈克尔·贝式的运动镜头,要追车,要有子弹时间,最好男女主角在半空中对视,然后整栋楼在他们的身后塌下来!"

贯中久说:"其实导演的意思是不是这样?"他一直低着头在写什么,此时他终于抬起头,举起了一张 A4 纸大小的白纸,上面是用铅笔画的分镜图:一对长了翅膀的男女与一尊半人半魔的喷火巨怪打斗。

导演对杨小川和贯中久投去赞许的目光,接着说道:"还有,这部戏里面感情戏对白太多了,我们能跳过就跳过吧。"

CC 说:"导演,没有感情戏,女性观众根本不会看的。必须要有感情戏啊,最好还是虐恋,最后女主角死了,男主角用眼泪把她救活。"

制片人插嘴道:"也好,这样的话,我们又多了几亿女性观众贡献票房。一念成魔,一念成佛,最后男主角用真爱的眼泪唤醒女主角,这不就是我们这个片子最想要传达的思想吗?"我唰唰唰地做着会议记录,觉得整个剧本会都开得非常魔幻现实主义。

结束了一整天的工作,我终于下班,等着丁丁猫来公司找我吃饭。贯中久最终决定不去和 Tom 他们聚会,而是留下来跟我们一起去给球球体检。

我全身瘫软地躺在公司的沙发上,正在闭目养神,突然一个陌生的号码打了进来,我迷迷糊糊地接通电话,那边传来一个陌生的中年大叔的声音。

他说:"是狮子吗?我是丁丁猫的爸爸。你们现在在一起吗?"

我一个猛子翻身弹起来,正襟危坐,说道:"叔叔,您好,丁丁猫她正准备过来找我吃饭,现在还没有到,您找她有事吗?"

丁丁猫父亲说:"不,我不是找她,我找你。"

⓪48
心碎的人应该感谢世界上存在龙舌兰

我坐在公司沙发上,丁丁猫坐在我对面,我们两个人都很焦虑。贯中久被她打发去超市买饮料了,她在知道她的父亲给我打了电话后,就想单独问我。

丁丁猫说:"我爸爸怎么跟你说的?"

我说:"叔叔问我你是不是谈恋爱了。"

丁丁猫惊讶地说:"他怎么知道的?!那你怎么回答他的?"

我说:"我没说是,也没说不是,企图糊弄过去,但是我觉得你爸爸根本不信。我就说你现在心思不在恋爱上。"

丁丁猫不安地揪着头发,问我:"除了这个呢,他还有没有跟你说什么?"

我说:"他说你想就在北京工作。但是你们家里移民手续已经办得差不多了,也给你准备了一些工作或者留学的选择,想让我劝劝你,还是跟家里一起出去生活,一个人在北京太辛苦了。"

丁丁猫追问道:"然后呢?你答应帮他劝我了?"

我强硬地说:"你一直都知道我对你和贯中久恋爱的态度。我当然答应了。"

丁丁猫看着我,似乎在等着我怎么劝说她离开北京。但是那么一瞬间,我突然没了脾气,心里原本规划好的,怎么给她分析贯中久对她的感情不靠谱,怎么告诉她应该离开北京,跟家人一起移民,去追求自己原本梦想的新生活,眼下这一切都变得很没有意义。

因为那一瞬间,我的脑子里面全是周围这些朋友的事情。毕业之后,大家不知为何,都在进行异常艰辛的异地恋——看心理医生的CC、怀疑人生真实性的李速溶、远赴千里的条子。即使是看似一直在吃喝玩乐的Tom,其实也会在说起还在香港读书的女朋友时,露出疲惫与想念的神态。而贯中久与丁丁猫,这唯一一对能够好好待在一起的恋人,我或许真的不该再劝阻他们什么。

我语气温和了下来,只是跟丁丁猫说:"你的生活,当然还是你自己选择,我不会多说什么的。"

丁丁猫说:"你是知道我的,我这个人,吃午饭都很难做出选择,其实我真的不知道该怎么办。"

我还想再说些什么,突然丁丁猫的电话响了,她看了一眼,很紧张地对我说:"是我爸。"

丁丁猫出去接电话了。

过了一会儿,丁丁猫回来告诉我,她爸爸第二天要来北京了。

我说:"你承认在恋爱了?"

她说:"没有,但是他肯定猜到了。"

我问:"现在怎么办?"

她叹了口气,说:"只能走一步看一步了。"

那晚,给球球打完针,给它发炎的眼睛擦完药,把它送回家,我和丁丁猫去附近随便找了家餐馆吃饭。我们都兴致不高,贯中久一个人毫不知情,也无察觉,只是沉浸在自己的异想世界里,整晚都在讲他刚看过的一个非常恐怖的鬼故事。

我听得很不耐烦,对他说:"你别讲了,我一直都挺害怕晚上听这种故事的。"贯中久无视我说的话,喋喋不休地继续描述一个让人感觉不太舒服的灵异场面。而丁丁猫只是静静地吃着饭,并没有出手替我打断他。

我终于忍不住对他说:"我太害怕了,晚上要做噩梦的,你能不能不要再讲了?考虑一下我这种需要一个人睡觉的人的感受。"

贯中久说:"你可以找个人跟你睡呀。冬天到了,天气冷了,约一约也无妨。"

我很生气地说:"你知道我有男朋友,而且你和舒平还在珠海吃过饭,你怎么可以这样说话?"

贯中久无所谓地耸耸肩,说:"我认不认识舒平,都不阻碍你约炮啊,你约炮我肯定不会告诉他的。你思想能不能开放一点儿。这是正常需求。"

我急了,提高音量对他说:"我不是那种随便就能跟人上床的人!"

话说出口,我突然觉得不太妥当,丁丁猫目光闪烁,我也一时语塞,贯中久还想再辩驳几句,他说了些什么,我已经完全没有注意了。

那一晚回家的时候,贯中久和丁丁猫走在前面,我走在后面。我突然发现因为贯中久,我和丁丁猫的友谊或许已经出现了嫌隙。

我独自回到家,抱着球球,看着枕头边躺着小黑,却怎么也睡不着。我并没有特别害怕,而是觉得有点儿难过,也有点儿委屈,更觉得自己是在多管闲事。

好像我只要和贯中久、丁丁猫待在一起,就会让气氛变得怪怪的。或许,我只是太爱丁丁猫了,在我看来,她值得和一个比贯中久更爱她、更好的男生在一起。

我迷迷糊糊地想着,舒平却突然打来了电话。我有些惊喜,坏心情一扫而空,开心地接通后和他聊起天来。十分钟后,电话被挂断,我听到杨小川回家的声音。

我摸索着爬起来,走去他的房间,坐在他卧室里的沙发上,用一种没有音调的声音,机械性地对杨小川说:"舒平刚刚告诉我,他升职了,他不来北京了。"

说完这句话,我捂着脸,"哇"的一声哭了出来。

而杨小川,坐在我旁边,听我哭了足足五分钟,情绪终于缓和、冷静下来的时候,他跟我说:"你知道吗?今天聚会,条子也过来了。"

我抬起头,泪眼蒙眬地问他:"这么早就回来了?"

杨小川点点头,告诉我:"条子说,他去安娜的家乡,开车开了十几个小时,累得崩溃。到的当天晚上,安娜带着一大堆她的朋友灌条子酒。安娜说,这是当地的习俗,条子不喝就是不给她朋友面子。

"条子,一个去夜店都只喝营养快线的人,哪里见过这种架势,每顿都醉得不省人事,安娜却只享受她自己在家乡那种呼风唤雨的感觉,维护大姐大的面子,对此丝毫不在意,甚至批评他不会喝、不会玩儿。条子爱的是安娜,安娜爱的却是自己。

"在他开车回北京的路上,他们就分手了。但是很可悲,是安娜提的。"

我听完,心里觉得空荡荡的,好像有什么杂草曾经在那里疯长,现在却被一把火烧了个干净,只留下黑焦状的土地,显示着曾经的痕迹。

杨小川打开一瓶龙舌兰,倒给我一杯,说:"为什么我们总是把真心交给那些毫不在乎我们的人去伤害?"

我此时特别想听一首歌,就想听那一句歌词:"得不到的永远在骚动,被偏爱的有恃无恐。"

⦰49
下雪的北京和普通的北京不是一个城市

在知道舒平的"暂时不来北京"之后,我过了一段浑浑噩噩的日子。

丁丁猫没有告诉我她爸爸来北京之后发生了什么,只是看她的朋友圈,还是一直在学英语,并没有过多的变化,除了不怎么和我再联系之外。贯中久因为要给导演去戛纳电影节准备分镜,每天都在埋头画画。杨小川除了要给公司做一个概念预告片,还接了一份私活儿,给一个英语网站做宣传广告,因为太忙,他搬到公司去住了。

而 CC 在一个月的实习期结束后,并没有留在我们公司。她走的时候,我甚至没有意识到。只是某个普通的周五,我们像平常那样对彼此说"下班了,再见"。再下一个周一,她就没有出现了。CC

发微信给我,说她不来公司了,要和刚回北京的男朋友一起去澳洲度假。就连李速溶都因为常常在台里录节目加班,而不再和我一起吃晚饭。一时间,似乎所有人都忙碌了起来。

只剩下我还沉浸在自己的迷茫情绪里。下班后独自回家,吃完外卖,看一部电影,写一写日记,就在球球、小黑和甜甜的陪伴下沉沉睡去。那段时间,小黑睡在我的枕头旁边,球球睡在我的胸前,用它的小脑袋顶着我的下巴,而毛茸茸的甜甜睡在我的脚边。

小黑生性凉薄,甜甜自顾自地玩儿。只有最小的长着一抹小胡子、一仰头就喵哇喵哇鬼叫的球球,我走到哪里,它就跟着到哪里。我刷牙的时候,它会跳到我的牙刷杯旁边喝水,上厕所的时候就窝在我的脚边,就连我躺在床上看电影的时候,它也要硬钻到我的被子里面,在我的胳肢窝找个地方暖乎乎地打呼噜。

就这样,我以为我会像一个"空巢老人",会在三只猫咪的陪伴中了无生气地度过我在北京的冬天。直到某个周末,斯斯终于在跟剧组的空隙回来北京,约我去当代MOMA看电影。我们看完了一部俄罗斯战争片,走出电影院,准备分别的时候,一抬头,突然发现,漫天大雪。

斯斯惊喜地喊道:"天哪!下雪了!"

我说:"你一个北京人,也这么激动啊!"

斯斯说:"在南方待了四年,都忘了北京下大雪是什么样子了。"

我们在雪地里开心地跑着,跳着,甚至想打滚儿。

如果说爱上一个城市需要一个特定的瞬间,可能这就是我爱上北京的那个瞬间。我是下大雪的时候出生的,但是自从离开家乡去珠海念书，我已经四年没有再见过大雪。望着北京灰蒙蒙的夜空里雪花飘落，踩着脚底下的一层薄薄的积雪，白色世界里好像不应该存在太阴郁的情绪。

我回到家，打开电脑，想起自己曾经无数次要开启新生活的豪言壮语，终于撰写了一篇召集沙发客的帖子，发在了豆瓣网上。我说："在下雪的北京的冬天，团结湖白家庄红砖小楼里，免费给短途的旅客提供温暖的沙发、毛茸茸的三只猫咪、可口的早餐和一个朋友。"

发完帖子，我给舒平打了个电话，他可能刚刚睡着，迷迷糊糊的声音，很温柔。

我说："嘿，还记得我说要招沙发客的事情吗？我刚刚写了帖子发布出去，也许以后每天都会认识新朋友了。这不就像我们想开一家咖啡店，或者书店，或者旅馆一样吗？"

舒平说："真的很好，你可以给那些来你家住的小朋友铺床、做饭，像照顾小流浪猫一样照顾她们……"

我说："哪里是什么小朋友，你是不是以为都是十岁以下的孩子啊？"

舒平瓮声瓮气地学我说："所有去你家住的人，都会变成小朋友。"

我笑了起来，我知道他在逗我开心，就像我以前和他在吃麦当劳的时候，会瓮声瓮气地说："你要让着我，因为所有正在吃甜筒冰激凌的人，都会变成小朋友。"

我笑累了，说："舒平，你觉不觉得其实异地恋也没什么，适应了各自独立的生活，会为以后的相聚打下更坚实的基础。人生还有那么长，如果我们连短短的一两年异地恋都支撑不了，还谈什么要在一起一辈子！"

舒平说："很多时候我也问过自己这个问题。我也很想像我的那些同事一样，一下班就和女朋友一起牵着手去菜场买菜，然后两个人一起做饭，吃完饭去散散步。那才是真正的恋爱，我们这样算什么呢？但是或许不是每个人都有这样的好运气，也或者我们就只能这样。但是，你要知道，我真的挺想你的。"

舒平说他此时正闭着眼睛躺在床上，而我正好也躺在床上闭上了眼睛。

在我的脑海里，我握着电话躺在他的旁边，伸手就可以用指尖触碰到他的睫毛、蓝色的条纹 T 恤。我们的窗外，一半是下着大雪的北京，一半是夜空晴朗的珠海，我们隔着几千公里的距离，此时却仿佛已经能够伸手就可以拥抱彼此。

第二天醒来，手机已经因为整晚没有挂断而关机，我打开自己的豆瓣，一封豆邮静静地躺在那里，写着标题"求沙发"。

我一个激灵翻起身，原来是一个刚刚毕业的女生，豆瓣名字叫鹿野。

她在邮件里说：

"看到豆邮的时候加一下我的 QQ 吧，里面有我的很多信息，这样你看到也会更加放心些。

"我是湖州人，大四的时候想清楚自己最想做的是什么了，于是开始找北京跟电影有关的实习。说实话，我对电影懂得不多，所以要是能跟你住在一起，我想你能教我很多。

"我生活习惯还行，会做饭，家务做得挺好，来蹭住肯定会给你和室友带来很多不方便，家务这些我都包了。

"真的特别希望你能收留我,来实习一分工资都没,家里也不愿意我来北京,能省的我尽量就省,所以才来找沙发。

"原先QQ空间陌生人不能进,我先开放着,你随时能看。

"回我豆邮吧!!"

这是我接待的第一个沙发客,第一个总是最好的。只不过,我还不会做饭呢!扯什么给沙发客做早餐?!

没想到这么快就会有沙发客上门,我急急忙忙地回复了她"可以",请她告诉我来北京的具体时间,也急急忙忙地刷牙洗脸穿衣服。随后,我便一头扎进冰天雪地的街道里。

我要去买面条!

我要去买鸡蛋!

我是一个快乐的旅馆老板!

我要去给马上到来的那位姑娘做早餐!

我要让她像我一样,爱上北京!

噢,顺便告诉已经好久不回家住的杨小川,有一位女孩子要来了!

You Are My Perfect Baby

PART 5
如何说再见

⌀50
有西红柿鸡蛋面的地方就是我的家

鹿野来之前,我告诉了她杨小川的豆瓣主页,让她也去看看两周后会见到的另外一个室友。

鹿野发豆邮告诉我,她想在我家住三个月的实习期。

我答复她:"不好意思,已经在你之后的一周答应了另外一个山东来的姑娘,而且我只提供短期的沙发。"

她有点儿失落,但是很快又打起精神来,说:"没关系,那我就在你家住一周,一周后我就自己去找新的住处了!"

我为了缓和气氛,说:"嗯,没事,万一你和我室友在一起了呢!说不准就能够长长久久地在我们家里住下去了。"

她说:"可惜了,我是les(女同性恋)。"

上班的时候,我见到了多日没有回家的杨小川,杨小川给我发了他的豆瓣主页,让我加到招收沙发客的帖子里。

我去看了看,哎呀,很唬人。骑摩托车四处旅游的相片,和猫生活友爱的相片,工作间被贴满各种海报明信片的相片。

我说:"你是不是现在决定约妹子从陌陌转战到豆瓣了?"

杨小川说:"以后我们家里人流量这么大,谁知道万一哪天遇到真爱了呢?"

我说:"但是我好像发现你加入了'豆瓣最靠谱谈恋爱小组'。"

杨小川假装没有听到,跑去跟贯中久讨论工作了。

结束了一天的工作,贯中久回家吃丁丁猫做的饭了,我和杨小川以及失恋后下班总来找我们的条子吃"湘汇人家"。杨小川给我和条子看了看他最近在陌陌上认识的一大堆新妹子。其中有一个我们印象深刻,是一位法国的女孩,她的头像极其美,妩媚性感得像是只应该存在于欧洲电影里。在昏暗的路灯下,她眼神迷离,潇洒地拿着一把左轮手枪。

条子说:"这人是拿的假照片吧?"

杨小川说:"不是,她跟我视频过。"

我问:"枪也是真的吗?"

杨小川说:"是吧,她说现在在缅甸,男朋友是那边的黑帮大哥。"

条子说:"啧啧啧,大哥的女人你也敢碰。"

杨小川说:"还没有见面,谁知道呢?"

我还是看了又看这个法国姑娘的相册,说:"真的好美,美得炸裂。"

杨小川说:"不知道她对我是怎样的想法。虽然加了微信每天聊很久,但是没有什么特别大的进展。"

我自告奋勇地说:"交给我来问问。"

我拿起杨小川的手机,发给法国姑娘一张杨小川工作间的照片,照片里有一瓶"杰克·丹尼"。

我用杨小川的语气说:"一个人在公司边工作边喝酒,要是你也在北京,能一起喝酒就好了。"

条子在旁边喊道:"你也太直接了吧!"

我说:"试探一下,没关系的!"

杨小川一边吃小炒猪肝,一边喜滋滋地着看我怎么去跟法国姑娘沟通。

法国姑娘回复了一个可爱的表情,发了一条语音过来,她说:"我也很喜欢喝这个。"

我把法国姑娘的朋友圈打开给他们看,我说:"你们看,她很久之前发过一张照片,角落里就放着'杰克·丹尼'。"

杨小川说:"狮子,没想到你还有这个技能点!"

我说:"承让,承让。"

我把杨小川的手机还给他,让他接着和法国姑娘聊天去了。

条子赶紧说:"你红娘的属性点得这么满,那你们公司那个CC,要不然给我介绍一下吧。"

我说:"你昨天半夜还在写关于安娜的事情,今天就想谈恋爱了?你们男生怎么都是这种人啊?"

条子说:"我昨晚发的那条是跟她划清界限,免得身边有好姑娘错过了我这种优质单身狗。"

我说:"CC 和她男朋友好着呢,这两天还在澳大利亚海滩上晒幸福,你放弃吧!"

条子说:"CC 就这么辞职了?听你们说得那么美,我一次都没见过真人。所以,到底长什么样?"

我打开自己的朋友圈,给条子看 CC 和我的合照。

条子看完之后大喊一声:"切,有男朋友又怎么样,我可以挖墙脚啊!"

我哈哈大笑起来,杨小川在与法国姑娘聊天的空隙中,把头凑过来看了看我们的合照。

杨小川说:"哟,这照片照得真经典,女'屌丝'和'白富美'的完美体现。"

我心里一万头"草泥马"成群结队呼啸而过。

我说:"杨小川,你刚刚这句话对我幼小的心灵造成了严重的创伤,今晚这顿饭,你埋单吧。"

杨小川一脸蒙地说:"好。"

久违的杨小川骑摩托车载我回家,我坐在摩托车后面还在无缝衔接地用他的手机和法国妹子聊天。

我突然想起一个很严肃的问题,这是杨小川这个月第一次回家。我算了算时间,问他:"小川,你该不会一个星期没有洗澡吧?"

小川说:"冬天没必要洗那么多澡!"

我大喊道:"放我下去!我不要碰到你肮脏的身体!"

杨小川完全无视我,一路上我都在寒风中咆哮,心里愤愤地想,真应该把当晚那盘没吃完的小炒猪肝扣到他脸上!

回到家,杨小川去洗了一个长达一个半小时的澡,走出来的时候容光焕发,神采奕奕,我递给他已经聊到我手指酸痛的他的手机。

我说:"给,我已经跟法国妹子从诗词歌赋聊到人生哲学,从看雪看星星聊到'大哥大嫂过年好'了,差不多了,她说她找个时间来北京见你。"

杨小川欢呼雀跃地说:"狮子,感谢你!以后去楼下垃圾桶扔农夫山泉瓶子的这种小事就交给我了!"

我白了他一眼说:"我们客厅里这些瓶子明明都是你喝的,我从来没喝过。"

杨小川说:"所以我说了以后我扔。"

杨小川拿了一根绳子把家里累积已久的几十个瓶子串起来,叮叮哐哐地走下楼去扔瓶子。

杨小川从楼下走回来的时候,我正蹲在客厅给甜甜的厕所铲猫砂。

杨小川说:"今天真是美好的一天!"

我问:"怎么了?"

他说:"刚刚碰到一个捡易拉罐、塑料瓶的老奶奶,我把那超级大一串农夫山泉瓶子递给她,她好高兴,都惊呆了。"

我说:"真好,她今天可以提前收工了!"

杨小川接着说:"还有,马上要来我们家住的鹿野,她给我的豆瓣留言了,说对和我见面有种奇异的预感。"

我心想:"啊?"

⌀51
大概英雄的出场方式都注定要酷一点儿

鹿野告诉我她准备出发来我家的时候,我还在家里擦地,想给新来的客人留下一个干净整洁的好印象。

我想,这个女孩一定和曾经的我一样,带着不多的行李,满怀着对新生活的期待以及在北京四处逛逛的好奇心。为了迎接她,我甚至练习了一下煎蛋的技巧。当然,每一次燃气灶打火都打不着,都必须去劳烦杨小川来给我用打火机打火。连续被叫醒并打完三次火之后,睡眼惺忪的小川问我:"你到底今天早上做了什么吃的?"

他环顾四周,找了一圈,厨房里空空如也。我用身体挡住垃圾桶,心想,千万不能让他看见我扔到垃圾桶里面那三个被我煎得完全煳掉的鸡蛋。

我说:"我……我吃完了,你赶紧接着睡吧。"

他哦了一声,转头又飘忽地回到了自己的房间。

我给舒平发信息,告诉他我这天学会了煎鸡蛋!他给我发了一个大大的"赞"。

唉,狮子,你这个虚伪的女人。

鹿野来的这天,为了防止她吃到我的"黑暗料理",从而对整个北京产生绝望之情,我还是叫了外卖和水果,摆得整整齐齐地放在茶几上,等着迎接我人生中的第一个沙发客。

我想,我可一定要表现良好啊!

第一次,难免总是很激动的。

到了约定的时间,鹿野发消息告诉我,到地铁站了。

我说:"好,你等等,我去接你。"

我换好鞋小跑出去,走到了地铁站门口,四处张望。遇到年轻的女孩拎着手提箱的,就满怀期待地迎上去,然后又假装没有发生什么事情,尴尬地与其擦肩而过。

等了二十分钟,我还是没有等到鹿野。天哪,难道我第一次接待沙发客就要被放鸽子吗?半小时后,我彻底放弃了,只好自己慢慢地一步三回头地走向自己的房子。就在我心中充满怨念,打了数次她留给我的电话也无法接通之后,终于收到了她的微信。

鹿野说:"我在B口,你快来。"

我转身跑回去,在地铁口的栏杆旁边,看到了一个身材修长、短发干净利落、眉眼透着南方人的温柔却一股倔强神色的女孩。她正俯身在栏杆旁边，身体非常不适的样子。

我跑过去问她："你是鹿野吗？你还好吗？"

鹿野说："我在地铁里出了点儿事，先回你家我慢慢跟你说。"

我赶紧扶着她的胳膊，带她回到家。她比我高出一个头，却那么瘦，握在手里软软的，额头上都是因为紧张和不适出的细汗。

回到我家，看她的神色，似乎并不是到了一个陌生的地方，反而是到了一个能够让她信任的放松的环境。她终于缓过神来，抱着一杯我倒给她的热水，告诉了我刚刚她发生了什么。

鹿野说："我刚刚发完微信，下了列车，正要走出地铁站，突然一个男人朝着我迎面走来。走到我旁边的时候，他使劲拍了一下我的肩膀。我似乎闻到了一股什么气味，就双腿一软，眼前发黑，那个男人就想钳住我的胳膊。

"我用仅剩的一点意识使劲往后跑，一口气跑到附近地铁工作人员的旁边，死死抓住地铁工作人员的手，向她求助。工作人员把我带到休息室，我才彻底松懈下来，昏了过去。

"等我醒来，就已经过了半个小时，列车员还建议我报警，但是我还是赶紧出来跟你联系。"鹿野拉着我的手说，"幸好有你来接我，不然我也真的不知道该怎么办了！幸好有你！"

我说："天哪，现在是中午，光天化日之下竟然会发生这样的事情！这种人真是不得好死！"

我忍不住又多骂了几句北京的治安、该死的犯罪分子，鹿野的情绪才稍微稳定了下来。

我说:"你刚来北京,就遇到这种事,以后出门在外还是要小心。但是你也别太担心,北京也不是到处都是坏人。"

鹿野笑了,她说:"对,比如你肯定不是坏人。"

我说:"这可就不一定了哦!"

鹿野说:"要是你是坏人,那你打算拿我怎么办?我就打算来你家混吃混喝,跟着学一学电影的。"

我说:"你太瘦了,我打算好好做饭把你养胖一点儿,宰了吃。鹿肉还蛮稀奇的,还从来没有吃过。"

鹿野咯咯咯地笑了起来,她笑起来,很像年纪更小一点儿时候的丁丁猫。

不知道为什么,第一次和她相见,却有种似曾相识的感觉,我们像多年未见的旧友,丝毫不拘束。

那个周末,我们躺在沙发上,从电影聊到各自的生活,从工作聊到最近看了什么书。这些事情,曾经是我最喜欢和丁丁猫说的。可是现在,因为她和贯中久在一起,还有那些复杂的原因,我似乎已经渐渐失去了她。

我很真诚地问鹿野:"你真的是les吗?"

她说:"是,我一直是。"

我说:"那很酷,我一直觉得les很酷。但是,我应该不是les,我现在有一个男朋友,我们很要好。虽然他在珠海,别人都说我们不应该异地恋,不适合在一起。"

鹿野说:"别人说了什么,重要吗?对于我来说,一点儿都不重要。"

我说:"因为别人喜欢,所以我也要喜欢;因为别人介意,所以我要改变;因为别人讨厌,所以我也不能接受。这样的自己,可是小时候最讨厌的大人的样子啊。"

鹿野:"那就永远不要变成那样。"

后来,我们回到我的卧室,鹿野靠在我身边,我们就这样说着话,慢慢地就要睡去。她问我:"珠海是什么样的?我从来没有去过珠海。"

我说,我总是以味觉来标注那些熟悉的地方,并深信它们不会随时间而改变。"唐家"是辣,"圆明新园"是麻,"金鼎"是孜然,"湾仔沙"是甜。我想起和舒平还有丁丁猫一起,吃到了最好吃的鸡蛋仔,吃完就从斑马线上飞奔过去再买一打。那时的真实想法是,就算被法拉利碾死了也要吃完最后一个鸡蛋仔……

鹿野就这样在我的旁边,枕着我的胳膊睡着了。夜色还早,可能对于初来乍到又经历太多的鹿野来说,今天是漫长的一天。而我对于这种情景,心情很是复杂,如果她不是 les,或许我并不会想太多。

所以,我也有可能是 les 吗?我是否对丁丁猫的感情倾注了太多的关注?人是如何知道自己到底是异性恋还是双性恋,还是同性恋的?我很困倦,此时此刻,我真的很想念舒平,想念丁丁猫,想念曾经的无忧无虑的珠海。

第二天清晨,我起床想给鹿野做早餐,醒来发现她不在我的房间,应该是觉得单人床太挤而去睡小川的床了吧。

当我终于成功地打开燃气灶的火并煎出一个勉强不算太煳的鸡蛋，端着盘子蹑手蹑脚地走去那边的房间，准备掀开她的被子给她的一个惊喜时，我的内心是欢呼雀跃的。鹿野像曾经的丁丁猫、曾经的舒平，或是曾经的我，她的到来，像是对我过去单纯梦想的存在的一种印证，而我要做的就是好好照顾她，一个纯白的、热烈的、相信一切美好的、充满好奇的她。

但是，我用我身上仅有的三百八十四块钱发誓，我庆幸自己当时抑制住了掀开被子的冲动。因为刚刚推开小川的门，我就看见了，那张双人床上躺着两个人。

⊘52
这个世界和你想象的一切都不一样

我端着自己煎鸡蛋的盘子,灰溜溜地回到了自己的房间。我很不甘心地在门廊里晃了一圈,确定是小川回家了,而鹿野并没有离开。

我回到自己的房间,有种无名火生起的感觉。隔壁有一些小的动静,我赶紧伸手把自己刚刚虚掩的门关紧,心虚地制造出自己还没起床的假象。

咦?我为什么要心虚?!

十几分钟后,我听到了鹿野在走廊里和甜甜说再见,关门出去的声音。

我飞奔去小川的房间,一脚踹到熟睡的小川腿肚子上。

小川"嗷"的一声醒了过来。

我双手抱胸,义正词严地说:"这是怎么回事?!你不是说你昨晚不回家吗？！"

小川迷迷糊糊地伸手去抓他的眼镜戴上，定神看了看我，有气无力地回答我："怎么啦？我突然想回家洗个澡，就回来了。这是我的床，还不许我睡啦？"

我吼道："我是说，鹿野怎么和你睡到一起去了？！你是不是把她睡了？！她可是les啊！！"

小川笑了，说："这个没什么呀，我跟她说，我其实是gay，我也会对身份认同有很多怀疑，她觉得我们有很多相似之处。"

我噎了半晌，说不出话来，我喊道："小川，你能不能不要这样对我的沙发客？！"

小川说："其实吧，昨晚是这样的，我只是想问问她睡着冷不冷，把胳膊伸过去，然后……"

我说："停停停！打住打住打住！我可不想听你说太细节的事情……我年纪小，我受不了这个。"

小川说："那你不让我说，我睡觉了，真的好困，昨晚太晚才睡，我们……"

我一边哀号着一边捂着耳朵跑开。小川心满意足地继续进入他的梦乡。他真是一个身体力行的行动派，我要是有他一半的执行能力，别说舒平，可能丁丁猫都被我睡过了。

而鹿野，鹿野到底是怎么想的呢？

我满腹疑惑，吃完那枚寂寞的煎蛋，独自摇头晃脑地去公司上班了。

这天，我为了公司去戛纳参加影展，写了一段自我感觉非常好的故事简介。在我的心里，传奇冒险故事的宣传片，就应该写古文风，又带着淡淡的神秘感。但是意料之中,老板和制片人都不喜欢我写的这一版故事简介。

对于老板们来说,没有感觉就是否定一个创作的唯一标准。制片人在邮件里说:"这一稿写得我没有什么感觉,我都看不懂你在说什么,所有人都说看不懂,你回去重写一版吧,这个完全不行。"

我只能回复:"好的。"然而,我很想问一句,所有人到底是谁?每个人都对自己想要的东西有坚持和审美。而现阶段的我,却并没有权利创作自己喜欢的东西。

我觉得很挫败,可能对于感情、对于生活、对于工作,都是这样。我没有权利和喜欢的人住在一起,没有权利过自己想要的生活,甚至了连写一个故事简介都不能够按照自己的想法去完成。

下午,小川来了公司,我黑着脸坐在自己的座位上。老板们下午出去开会,贯中久又在忙着画画,小川走过来拍拍我的肩膀。

他说:"你还在生气昨晚的事?难道你喜欢鹿野?"

我说:"别闹,不是这样的。"

我把邮件打开给他看,说制片人又把我写的东西否定了。突然间,我倒很希望高原还在我们公司。这样,他就去承担这些修改责任,而我就可以有时间写一写自己喜欢的东西了。

小川好奇地问:"那么你真正喜欢的是什么呢?"

我说:"我喜欢诺兰那样的电影,我喜欢科幻,《三体》《一日囚》,或者关于旅行、空间,关于记忆的故事。"

小川说:"真的好少有女生喜欢科幻,你喜欢关于时间的,那你看过《回到未来》没有?"

我有点儿羞愧，说起科幻小说，我可能还比较在行，而说到《回到未来》这种经典的时间旅行电影，我却一直都还没有看过。

小川把我招呼去他的办公室，大方地打开自己的硬盘，说："这里，科幻文件夹里有几百部经典电影，你要写的话，最好全都看一遍。《回到未来》三部曲，你先从这个开始看起吧！"

我说："但是公司这个故事简介……"

小川说："制片人他们又不是明天就要去戛纳，先去看电影吧！或许对你写作有帮助呢！今天你状态不好，不要强迫自己去做不喜欢的事情。"

我点点头，抱着他给我的硬盘回到了自己的电脑前。我很感激小川，他总是能够在我非常低落、迷茫，陷入一种不能自拔的负面情绪时，找到一个方法来帮助我解脱困境。

我想，等我把这些科幻经典电影全部看完，也许就能够写出自己喜欢、别人也认可的故事了！

人无法声称喜欢自己并不了解的东西，更无法创造出自己并不理解的故事。而我现在，不仅不理解生活，也对电影知之甚少。

小川在我身后说："要边看边做笔记！你还记得电影美术课老师怎么教'拉片子'的吧？"

我说："我记得！好，我会加油的。"

想了想，我还是暂停了电影，告诉他："小川，下周又有一个新的沙发客要来了。"

小川赶紧问："有没有照片？有没有豆瓣主页让我看看？"

⌀53

再尝一口，冬天的咖啡比夏天更暖

看完《回到未来》三部曲，这一天工作的时间似乎过得特别短暂。

快下班的时候，鹿野发微信问我："要不要一起去买菜？我们回家做饭吃。"

我说："好，等等我们在团结湖的'京客隆'见面吧。"

在"京客隆"见面，我和鹿野一起挑选蔬菜、瘦肉，又买了一大瓶可乐、零食和泡面，两个人拎着巨大的塑料袋，穿着极其臃肿的羽绒服晃荡回家。

我一直忍着，欲言又止，想问问她，为什么明明是 les，却要和小川睡在一起。

但是或许是那天的路灯让人影漫长,我又在北京孤单了很久,这还是第一次有人陪我逛超市、下班后买菜回家做饭,竟然不忍心破坏这种美好的氛围。

鹿野一路上说说笑笑,还拉着我站在小巷子里企图自拍一张,发给远在家乡的妈妈看,告诉家里人她现在暂居在一个好心收留她的姑娘家。

她欢天喜地地指着北京的新鲜事物,肉夹馍店、红砖小楼、路过时飘来的辣椒炒肉的味道,一切都让她很兴奋。

她壮志雄心地说:"我要进入电影行业,要做一部大制作的电影,然后让你来写剧本,把我的名字和你的名字放在电影最开始的地方,写得特别大!大得挡住整个屏幕!"

我笑嘻嘻地听着,应和着,心里有点苦涩地想道,写电影哪有那么容易?

我刚到北京的时候,也是满心雀跃,一腔热血,恨不得马上挽起袖子大干一场,但是已过半年,我现在还在公司写着不被老板认可的光碟封面简介。

我们走到家,当我打开塑料袋拿出蔬菜,我才意识到,我在豆瓣帖子上吹牛吹大了。

我根本连我买的是蔬菜到底是什么都不认识。

鹿野似乎根本没有看出来我的尴尬。

她一把推开我,特别爷们儿地说:"小姑娘一边待着去,玩玩猫歇歇脚,做饭这种事情就交给本大爷了。"

我靠在门框上,看着鹿野忙里忙外,洗菜择菜,倒是真的干练又清爽地做起饭来。

鬼使神差地,我说了一句:"我室友要是你,不是小川就好了。"

鹿野听到小川这个名字,似乎是顿了顿,说:"狮子,小川到底是个什么样的人?"

我在心中默默吐了个小槽,我虽然和小川住了这么久,可是我和他的距离还没有你们昨晚近吧,这种问题,你问我?

但是我想了想,还是客观地说:"小川,是个还蛮酷的人吧。"

鹿野若有所思地点点头,然后转过身去忙碌,没有再多说什么。

吃完饭,已经是九点。鹿野说:"我们去散散步吧。"

我们下楼,去团结湖附近的天桥散步。过马路的时候,有车急驶而来,鹿野很自然地牵起我的手。

她的手指修长,好看,握在手里的时候有种冰凉凉的触感。我突然有种古怪的感觉,有什么原因会让一个人依赖另外一个人呢?

就是有那么一个瞬间,你会觉得,全世界都不太重要了,你们手牵着手在天桥底下散步,你们并不知道对方有多少秘密,但是你们觉得不那么孤单了。

那一刻,我希望鹿野能够一直住在我家,和小川恋爱也无所谓,和我恋爱也无所谓,总之,我想有一个朋友住在我的身边。

有人简单陪伴的时候,自己才能察觉,原来我这么孤单啊。

我对鹿野说:"我特别想唱歌,不为什么,就是想唱歌。"

她眯着眼睛看着我,说:"好,你唱吧。"

我就站在天桥上,旁边是贴膜的摊贩,我也顾不上那么多。

我唱着:

迷路的鸽子啊
　　我在双手合十的晚上，渴望一双翅膀
　　飞去南方，南方
　　尽管再也看不到，无名山的高

　　遥远的鸽子啊
　　匆匆忙忙地飞翔，只是为了回家
　　明天太远，今天太短
　　伪善的人来了又走，只顾吃穿

　　昨天我数到，第二十五颗星星
　　在北京，第二十五个秋天的夜晚
　　收得下过去，也给得了未来
　　他们在别有用心的生活里，翩翩舞蹈
　　你在我后半生的城市里，长生不老
　　鸽子啊，你再也不需要翅膀

泪水模糊了我的眼睛，我也不知道自己在哭什么。
想念南方？
想念舒平？
想念丁丁猫？
想念家人？
我说不清楚。

太多话卡在喉咙里说不出来,而初来乍到的鹿野,像极了曾经的我,从她的眼睛里,我看见她对北京的憧憬、对新生活的希望。

那是我已经渐渐失去的东西。

⊘54

故事的结局,你保持微笑但眼里流露哀伤

鹿野在我家住了一周,这一周,杨小川竟然再也没有回过家。

我问杨小川:"你喜欢鹿野吗?"

杨小川说:"鹿野问我是不是喜欢你。"

我说:"那你怎么回答的?"

他说:"有鸡毛可能!"

我问:"然后呢?"

杨小川想了想,说出了一句差点儿令我跌倒在桌子下面的话:"鹿野说她喜欢你。"

我一边走回家,一边回味着杨小川一副看热闹不嫌事大的样子,在我离开公司前对我说这段话。

我的脑子里很乱,这不是我第一次和真正的les接触,这晚是她住在团结湖的最后一晚。她很优秀,在短短时间里已经找好了工作和新的住处,虽然她的大学专业不是电影,但是能够让所有想招实习生的电影公司都敞开怀抱。

因为她自信、活泼、张扬,并深爱着电影。

我反复咂摸着那句"鹿野说她喜欢你"。这句喜欢,意味着哪种喜欢呢?想牵手的喜欢,想一起看电影的喜欢,还是想什么的喜欢?

既然喜欢我,那么又是为什么会……

我觉得很苦恼,也很难办,而在最后的晚上,我们像之前的每天晚上一样,窝在沙发上,打开电脑看一部电影。

明明什么都没有改变,我的心里却乱糟糟的。

我忍不住给丁丁猫发了微信,这大概是我们因为贯中久的事情断开联系之后我第一次发微信给她。

我说:"丁丁猫啊,有一个les好像说喜欢我,而她现在就在我家。"

丁丁猫很快回复了我。

她说:"什么?!你的第一次难道不是应该留给我?!"

我哑然失笑,我们都知道这是一句玩笑话,但是在这种徘徊、只有女生才能理解的小秘密纠结时,我仍然最想要跟丁丁猫分享。

我大致跟丁丁猫说了一下鹿野的来历、我们的相处,但是我想了想,还是没有告诉丁丁猫她和杨小川的复杂关系。

丁丁猫说:"你今晚还能不能行了,要不要我现在过去做搅屎棍?!"

我心里当然很想见见她,但是我说:"别闹,明天鹿野就离开了。"

看完电影，我们洗漱完毕就躺在我的小床上，我瞪着眼睛望着天花板，耳朵边上传来鹿野的呼吸声。

她的手碰到我的手，我转过去，看见她看着我，微笑的样子。

她开玩笑似的说："杨小川是在躲着我吗？明天就要走了，他今晚竟然还是不回来。"

我说："不是吧，他最近在剪一个预告片，我看他最近睡得都很少，干完活儿就睡在公司的沙发上了。"

鹿野没搭话，只是换了个舒服的姿势，拍拍我的枕头，小黑跳下来，躺在我们两个的脸中间，白色的、毛茸茸的，鹿野伸手摸它的头，鹿野的手真的非常好看。

鹿野说："你们能够尽力去做自己喜欢的事情，住在北京，养了三只猫，自己有一个小厨房，这一切都真是太棒了，我也希望自己以后能够过这样的生活。"

我哑然失笑，想告诉她，这样的生活其实没有她幻想的那样美好。但是我什么也没有说。

鹿野说："住在你家的时候，我那天晚上第一次见到小川，就觉得，天哪，这个人要是女孩就好了。但是现在我发现，性别不同怎么能相爱？"

我的心怦怦地跳着，难道鹿野要告诉我他们那晚到底发生什么了吗，那我要不要假装惊讶，要不要假装其实自己什么都不知道？

我说："小川到底有什么魅力啊，我怎么就没发现？你看，他都好几天不回家洗澡了，一工作起来就没完没了，喝上酒就停不下来，最关键的是，他实在很喜欢教育人……"

鹿野说:"狮子啊,你和我每天看的那些电影,是不是他拷给你的?"

我只好停下来,不愿意承认一样哼唧一声:"嗯。"

鹿野说:"杨小川真的很有趣。"

我心里哦了一声,但是嘴上说:"有可能吧。"

鹿野说:"但是我喜欢你。"

我心里说:"什么!!!"但是嘴上说着:"哦。"

鹿野没再说话,我深深地感觉到招揽沙发客这个想法一定是个错误,鹿野的到来,难道说撩到了团结湖红砖小楼里的两个人?

最后我发现,小黑也靠得离她更近一点儿!

连猫也不放过!

⊘55
她的存在像指尖敲打我生活的盘子

鹿野走的时候悄无声息。

第二天我醒来的时候,她的行李不见了,只留了一张纸条。

她写着:"该去水里的,始终要去水里。谢谢你这几天的招待,在我初到北京的时候,给我一个家。"

我琢磨着她纸条上第一句话的意思,却始终没有想明白。

鹿野是我接待的第一个沙发客,她的到来伴随着我某种奇异生活的开启。

在接下来的日子里,我还接待了许许多多的沙发客,被杨小川莫名其妙拉去他房间的女孩,也是不胜枚举。

但是谁都不像鹿野。

谁都不会在晚上穿着短裤把大长腿抵在墙上练习倒立。

谁都不会在看到我面对一堆蔬菜面露难色时,一把推开我说"我来吧"。

谁都不会对我说"你这个角度真的很好看,然后拿出手机来拍我",而我明明在发呆。

鹿野走后,即使我的小卧室里总是会有新的沙发客来借住,但是她们总是像流沙一样,在我指缝滑落,什么都没有留下。

这天,我简单地跟新来的沙发客——一个叫阿莫的呼伦贝尔姑娘介绍完洗手间的淋浴怎么使用,看到她小心翼翼地抱着自己的化妆包进去洗澡了。

我戴上耳机,那次在香港短暂工作,花重金买下的耳机,此刻重重地躺在我那蓝黄格子床单上,我和舒平随意地发着微信。

我说:"为什么自从开始接待沙发客,反而更觉得没有人可以说话?"

舒平说:"你原本接待沙发客,是为了找人聊天吗?"

我说:"或许是吧。我原以为,我会很喜欢这种生活,醒来身边都是新的人,带着那么多不同的故事来到我的家,和我分享她们的生活。

"但是我至今为止只碰到一个鹿野。你说,为什么现实和理想的差距总是存在?"

舒平没有回答我的问题。

他说:"你还记得吗,我们说过要一起开一个书店,你和猫坐在门口晒太阳,像个什么都不会的废物。

"我就守在吧台,给那些来往的小朋友倒可乐。要是觉得北京这么有差距,就回珠海吧。"

我正在愣神,回想起这个曾经远去的承诺,门外突然响起了敲门声。

我爬起来开门,是丁丁猫,她来得很突然,我感觉到有什么事情发生了。

我对她说:"家里有沙发客,我们出去吧。"

她点点头。

我站在浴室门口冲里面的小莫喊着交代了几句,就穿上鞋和丁丁猫一起下楼了。

晚上十点多,我们找了一家饺子馆坐下来。

丁丁猫开门见山地说:"我爸爸让我和他们一起移民。"

我虽然有心理准备,但还是吃了一惊,我说:"这事儿没有转圜的余地了吗?"

丁丁猫叹了口气,说:"你也知道我爸爸,虽然脾气暴躁,但是如果我真的铁了心说自己不去,他也不可能真的强迫我去。"

我想了想,问她:"那贯中久怎么说?他也和你一起去吗?"

丁丁猫说:"他让我自己选择,但是他应该暂时没法去,不是还在你们公司上着班吗?他说你们的电影项目明天就要启动了。"

我说:"我们公司辞职应该没有关系的,你也知道我们公司的状态,七八年都没有真的拍出项目了,那有可能明年就拍了。"

丁丁猫叹了口气。

我说:"你自己到底想做什么?"

丁丁猫说:"我不知道自己想要什么,但是我知道自己不想要什么。移民过去做汉学老师,是我不想的。"

她没接着说,但是我知道后面还有两句:"彻底和家人分离、彻底和贯中久分离,都是我不想的。"

我心里虽然极其希望她去加拿大,觉得她还这么年轻,不应该被爱情束缚了,但是我闷闷地吃着饺子,什么建议也说不出来。

没有商量出任何对策的我们,就这样各自回家。

但是我有种很不合时宜的开心,是因为我发现,当我和丁丁猫在面临苦恼和选择的时候,还是会第一时间想到对方,和对方倾诉。

这种感觉让我拥有了一点点满足。

可能是我太爱她了。

可是,或许她也要走了。

You Are My Perfect Baby

PART 6
谢谢你,室友

056

所谓的少女心,难道不就是一个微小的奢望?

初春,是万物复苏的季节。

也是我和杨小川、贯中久拼命工作的季节。

因为老板们决定去戛纳电影节做电影的招商宣传,我们的工作压力一下就大了起来。

我对电影制作流程还迷迷糊糊,但是也慢慢掌握了除了剧本之外的很多工作的必要制作,虽然我常常私下在杨小川的办公司里仰天哀号我一个编剧为什么要做拍摄日程表和预算表。

杨小川一脸同情地看着我说:"我在公司的名片上印的是副导演、编剧,但是我一直在公司做剪辑和后期的事情。"

贯中久靠在门框上，说："小川，上次导演来说没有咖啡了，珍姐让你买一下咖啡。"

杨小川摊摊手，最小化他电脑屏幕上的 AE 后期页面，打开淘宝，对我说："你看，我还要负责买咖啡。"

我不服输地喊道："我还要负责给老板充话费呢！"

贯中久问："说起来，你们觉得这个项目能做成的可能性有多大？"

杨小川说："我希望是明年能开拍吧。我毕业时，高原已经来了公司。老板让我七月份一毕业就快点儿过来，因为九月份就要开拍。现在已经过去了两年，也该拍了。"

我不禁憧憬着，说："明年如果开拍了，大家一起住进剧组，每天拍摄的工作完成了，就溜出去吃烧烤！据说剧组附近的酒店全是烧烤，特别好吃！"

贯中久，作为我们三个人中唯一跟过正式剧组的人，头摇得像拨浪鼓一样，他说："你知道剧组有多累，有多可怕吗？拍完一天，你只想四仰八叉躺在床上，动都动不了。"

杨小川点点头，说："不仅是这样，而且导演拍完了，就会把我们抓到会议室开会改剧本，到时候你困得累得哭都来不及，还吃烧烤？杀青的时候吃一下还差不多。"

但是谁也无法阻止我的美好幻想。

我不由得勾勒大家一起拍完一天，一身臭汗，坐在一家挂着巨大"串"字 LED 灯牌的烧烤店，喝着酒，大肆吃肉，笑着聊八卦，吐槽着导演，猜测票房的画面。

要不怎么说我是编剧呢，总是能脑补这么多的画面和细节。

此时我的心里完全不是一般人会想到的开拍之后功成名就,电影院大屏幕上出现巨大的编剧"狮子"的字样,而是一旦跟组,杨小川和贯中久一个房间,那我岂不是要和珍姐一个房间,那我晚上和大家一起喝酒吃烧烤太晚回酒店,岂不是会被她发现?

总之,看起来明年拍摄这件事已经在我的脑海里板上钉钉了。

而吃烧烤也必不可少!

⊘57
每个人都有对抗孤单的方法,比如喝一大杯营养快线

北京的三里屯酒吧街,人声鼎沸,灯火辉煌的夜晚,一簇簇的青年男女欢声笑语的背后,都或多或少的是孤单。

自从条子和安娜分手之后,条子就迷上了去酒吧和夜店。

很少在白天见到条子,我只能在深夜的朋友圈刷到条子又去了"mix""vix""spark"的小视频。

很热闹、很逍遥的样子。

杨小川在忙了很长一段时间后,终于得了空闲,在这个周末,吹响了北京小分队再次骄奢淫逸组队的号角。

他将带着条子、Tom、贯中久以及其他几个没去过夜店的学长,攻占北京号称美女最多的夜店。

杨小川戴上他的铆钉戒指，穿上皮靴，把长卷发扎了起来，刚洗完澡，还有暖暖的水汽飘浮在他的周围，他回过头，最后一次问我："狮子，不跟我们一块儿去玩吗？"

我靠在走廊里，看着甜甜和球球在鞋柜上追逐打闹。

我说："我不去了。你们都是去泡妞的，肯定一眨眼工夫就消失在舞池里了。我一个人坐在那里喝酒，也挺尴尬的。"

杨小川笑笑："说，那倒也是，你这么保守，也不可能跟陌生的男人去跳舞。那我走啦。"

条子的车在楼下停着，此时他按起了催促杨小川下楼的嘀嘀声。

杨小川跟我招招手，带上门，出去了。

等他们离开之后，我坐在电脑前，面对着窗户，和因为避光而一直没有更换过的前一任住户留下来的防水布材质的灰色窗帘，无所事事地打开电脑，登录豆瓣，回复起了越聚越多的沙发客申请。

自从沙发小组里我的招沙发客链接被组长放在北京区的推荐沙发主栏，就源源不断地有豆友向我发邮件申请来居住。

我拿起桌上的一个小台历，上面已经密密麻麻地画着各种颜色的标记，是接下来草莓音乐节期间来我家求宿的豆友。

处理完这些琐事，我看了看时间，离睡觉还早，离舒平有空闲跟我聊天的时间也还早。

我擦了一遍桌子，又给小黑、甜甜、球球分别剪了指甲，最后还把电脑桌面整理了一遍，仍然觉得夜晚十分漫长而无趣。

想起高原说过的，一个人住，回到家就打开电影开始播放，一天可以看四部不同的电影，真的心里很佩服。

今天在公司已经因为工作需要，和杨小川、贯中久一起看完了《夺宝奇兵》三部曲，我思前想后，还是没有继续点开电脑桌面上"movie"这个文件夹。

翻出手机，给杨小川发了条微信。

我说："怎么样了？夜店好玩吗？"

杨小川回复得倒是很快，他说："你猜条子在干吗？"

我说："难道他真的和上次说的那样，网购了一个法拉利的钥匙圈，甩到对面美女的脸上了吗？"

杨小川发了一张照片：灯光昏暗，条子正在低着头玩手机，但是这都不是重点。

杨小川说："条子他妈的来夜店点了一瓶营养快线！营养快线！"

我看到照片，笑得差点儿在床上打了个滚。

我说："那贯中久呢？"

杨小川给我拍了一个小视频，我一看，嚯，贯中久一个东北大汉竟然在舞池里自己跳着舞，真看不出来，他平时特别羞涩，到了夜店反而能够狂野了起来。

我在床上翻了个身，舒舒服服地靠在枕头上，继续盘问他。

我说："那于晓雨呢？就是条子带过去的那个，说是今晚第一次去夜店见识见识的哥们儿？"

杨小川说："你等着啊。"

杨小川把视频打开，递给条子，让条子拿着。

条子非常莫名其妙地跟我打了个招呼，就在杨小川的指挥下把镜头对准了舞池里像耍猴一样跳舞的于晓雨,以及马上走到他身边的杨小川。

在拥挤的人群中,杨小川抓着于晓雨的手,硬往旁边一个跳舞的女孩身上凑,于晓雨看起来全身都僵硬了,像提线木偶一样被杨小川架住,伴随着吵闹的音乐滑稽地迈开了他的舞步。

杨小川这个大变态!

我心里骂着,却实在觉得杨小川强迫于晓雨去摸舞池里他附近的姑娘这件事实在太好笑,又忍不住关掉摄像头。

突然,手机屏幕开始摇晃,画面里出现杨小川的脸,他朝我比画了几句,关掉了视频。

又过了一会儿,杨小川发来信息,他发了一个大功告成的表情。

他说:"我刚刚又去抓着条子和贯中久的手去舞池摸妹子了!他们现在正各自抱着妹子跳舞!"

我哈哈大笑着,我说:"你这个变态!你们这群变态!"

杨小川振振有词地说:"来夜店不就是干这个?条子他们太尻了,就点了果汁、牛奶在吧台旁边站着,也不去跳舞,就玩手机,那还来夜店干吗?"

我说:"哟,那你去夜店干吗?你现在不也在玩手机,还不赶紧去跳舞摸妹子?"

杨小川说:"我是来喝酒的。我从不瞎玩儿。"

我说:"滚。"

⊘58

大清早买的肉包子可不允许你随意诋毁！

第二天，我睡醒了，胡乱刷了牙，就打算在星期六的早晨去人行天桥下面的包子铺吃一顿丰盛的早餐。

站着门廊的鞋架前，我反复确认了没有新增一双陌生高跟鞋或者人字拖，才放心地推开杨小川的卧室，看见杨小川四仰八叉地睡在他的天蓝色被子里。

我用手指戳了戳他的胳膊，他动了动，眯着眼睛看着我，声音沙哑地说："嗯？"

我说："我去吃包子啦，你要不要吃什么？我带回来给你。"

他有气无力地回答我："要豆浆、肉包子，榨菜肉丝粉也可以，不要葱花,不要香菜。"

我说:"哟,你要求还挺多。行吧,我去看看,有什么给你带什么吧。"

我戴上耳机,手机里播放着许巍的《难忘的一天》,我脚步轻快地走下楼去。

周六的阳光甚好,而且北京的气温逐渐上升,我终于可以脱掉厚重的外套和靴子,穿上最喜欢的棉麻外套。

丁丁猫总是能陪我买到无数件江南布衣风格的棉麻外套,每次穿在身上,就仿佛回到了我们无忧无虑的大学时代,和丁丁猫唯一一次出去旅行,穿梭在丽江大街小巷的时光。

在我下楼的时候,一身全黑色衣服的女生和我擦肩而过,我下楼,她上楼,我们交错的时候四目相对,我没来得及笑一笑,就让那个瞬间溜走了。

我走出楼道,突然有种诡异的第六感,我觉得这个女孩是去我们家的。

耸耸肩,这又没什么,来我们家找杨小川的女孩,我难道见得不够多吗?

欢腾地吃完两个松松软软的大肉包,喝了一碗米汤,我才抹抹嘴,心满意足地拎着带给杨小川的早点,继续循环着听了一早上的许巍的专辑,晃着头在已经渐渐升起来的太阳下走回家。

走到门口,打开门,果然我的预感没错,那个一身黑衣服的女孩正表情冷淡地坐在杨小川的卧室里。而杨小川正刷完牙,从洗手间里走出来,向我随意挥了挥手。

杨小川说:"嗯,这是甜甜的原主人——田欣。"

我仿佛一个惊雷被劈开了,愣在原地。

什么?这就是那个传说中在我们家住着大卧室,留下了所有的衣服、鞋子、化妆品、窗帘、被子、枕头罩、日记本、照片簿甚至甜甜就一走了之的女孩?

我不由得用一种全新的目光打量了一下坐在我面前的这位表情高冷、周身散发艺术气息的黑衣女孩。

坦白说,她真的不是第一眼美女,但是看着看着,倒是有一种十分特别的气质。

我从来不会拿自己和任何女生的外貌做比较,但是基于杨小川对于我和她这两个室友决然不同的态度,我不由得想到,在小川心里,我一定是外貌上输了她太多。

田欣客气地对我说:"你好,甜甜在你们这里住了这么久,真是打扰了,我来看看它,顺便收拾一些东西拿走。"

我连忙回过神来,放下带给杨小川的早点,说:"没事没事,甜甜这么可爱,我特别喜欢它。"

我看了一眼杨小川,心里不由得继续嘀咕,甜甜都已经给我们养了半年了,难道田欣现在终于想起来要把它接走了?

小川会不会不想给她?难道我将见证一场争夺甜甜抚养权的大战?

啊,如果真争起来,我应该帮谁?田欣是甜甜的亲生妈妈,但是小川这个养父和我这个养母也真的很爱甜甜呀。等等,这个既视感怎么像是前夫前妻……

杨小川拿起我放在桌子上的早点,无比自然地递给田欣,说:"你还没吃早饭吧,吃点儿东西吧。"

而田欣竟然无比自然地接了过去,打开,吃了起来。

我的内心立马做出决定,甜甜不能给这个女人,她怎么敢吃我带给杨小川的早点!

杨小川说:"今天突然过来,怎么也没打声招呼,家里这么乱。"

杨小川对我使了使眼色,我赶紧走过去收拾了一下桌子和沙发附近的垃圾,拎到门口放好。

田欣却一边喝着豆浆(我带回来的豆浆!新鲜、热乎的、不属于她的豆浆),一边很宽容地笑着,说:"没事,以前我没来的时候不都是这样,最后还是我帮你收拾干净的。"

我一边在楼道里放垃圾,一边在内心呐喊:"这怎么回事?!"

家里这么乱难道是我一个人造成的吗?!难道换成我住在这里才搞成这个鬼样子的吗?!

田欣接着说:"我和朋友吵架了,不太想回去。我今晚住在你家,可以吗?"

我心里呼喊着:"不可以!"

杨小川却说:"没问题。"

田欣冲杨小川点点头,对我笑着说:"谢谢,豆浆很好喝,但是感觉包子里面的馅味道不太好。我昨晚没睡,现在想休息一会儿。"

我心里已经一万头"草泥马"呼啸而过了,这包子没什么毛病啊,我吃着觉得特别好啊。

我犹豫着是否要释放自己把她手里的包子拍飞的冲动,杨小川拉了拉我的衣服,我突然意识到田欣的意思是在下逐客令了。

我连忙说："嗯，好，你休息吧。"

田欣喊了一声："甜甜。"

甜甜溜达到她的身边，用头蹭她伸出的手掌。

我和杨小川退出主卧，我还是有点儿蒙，这不是我家吗？！

这不是我和杨小川共用的客厅吗？！

这不是我和杨小川的猫吗？！

这不是我买给小川的包子吗？！

杨小川倒是一副无所谓的表情，他说："我去公司加班了，你去不去？"

我一想到自己要单独和这位不好惹的黑衣女孩共处一室，一会儿还不知道会受到怎么样的羞辱，赶紧点点头，说："去去去，你等等，我拿上电脑。"

⌀59

谁能知道晚上睡觉的时候防盗窗外会站着什么东西

周六加班,看看电影写写日记,很轻松地过去了。

但是晚上杨小川又要和条子他们去夜店,我只好悻悻地一个人吃完饭,一个人回到家里,祈祷黑衣女孩田欣已经睡着了,不要让我一个人面对她。

很不幸,她不仅没有睡觉,而且还有一个陌生的裹着浴巾的女孩坐在小川的卧室里。

我走进主卧,说:"那个,我拿一下阳台上晒干的毛巾。"

田欣点点头,又继续和她的朋友——那个浴巾女孩一起坐在地上涂指甲油。

我快速地拿好自己的毛巾，又快速地退出来。

这明明是我的家，怎么就被反客为主了？！

我洗完澡，躺在床上，小黑站在桌子上望着窗外思考猫生，甜甜窝在我的脚边熟睡。

突然一阵急促的敲门声响起，我起身开门，田欣站在外面，指了指甜甜。

田欣说："甜甜，过来妈妈这里睡吧，别吵到姐姐睡觉了。"

在我震惊的注目下，田欣毫不在意地走进我的卧室，把甜甜抱走了。

这一定是在逗我吧！

甜甜都跟我和杨小川住了半年了，怎么之前没见过你这个亲生妈妈出现，觉得甜甜吵到我们？！

而且甜甜刚刚哪有吵？！明明就在乖乖睡觉。

我风中凌乱地站在原地，目瞪口呆地看着田欣把甜甜从我的房间抱走了。

田欣边走边对被吵醒有点儿迷糊的甜甜说："哎呀，甜甜，你怎么这么脏就跑到姐姐床上了，明天妈妈帮你洗个澡。"

气炸了，我拿起手机给杨小川发微信。

我说："杨小川！田欣到底是不是来把甜甜带走的？"

杨小川回复我："不是吧，她没有跟我说要带走甜甜，只是住几天收拾一些东西走。"

我说："你确定？"

杨小川说："我确定。"

知道起码不会马上失去甜甜，我松了一口气，但还是心里很不快，我说："你知道她今晚还带了一个朋友来住吗？"

杨小川回答我："知道。"

我问："那你今晚又不回来了吧？正好从夜店带妹子去酒店。无缝衔接，都是店。"

杨小川发了一个谜之微笑的表情，说："你想多了，我还可以睡沙发。"

我说："呵呵。"

杨小川没有回复了，我瞪着天花板发呆，突然听到隔壁的两个女生逗猫的嬉戏声，夹杂着她们打开什么综艺节目的声音。

那一瞬间我原谅了以前杨小川让我产生的所有怒气，我特别庆幸自己没有两个女生室友，真是只要有两个女生存在，就能够让住在隔壁的邻居吵到头炸。

我戴上耳机，关上灯，在黑暗里循环播放着《蓝莓之夜》的电影原声，我打算这晚做一个王家卫式的梦，就这么愉快地决定了！

不知睡了多久，也许是两三个小时，手机已经因为播放音乐而彻底关机，耳朵还因为戴了太久的耳机而有些隐隐作痛。

半梦半醒之间，我突然看到一个黑影一晃而过，站在我的窗户外面！

我住四楼！四楼！四楼！四楼！

一个黑影站在我的窗户外面！我那个有防盗网的窗户外面！

我吓得一个激灵，差点儿因为过度害怕心跳过速而窒息。

我赶紧去摸自己的手机想报警，但是发现听音乐导致手机没电了。

那一刻，看过的所有恐怖电影最恐怖的画面都唰唰唰地在我的脑海里跑马灯。

看过的所有犯罪电影最血腥的画面都哐哐哐砸到我的眼前。

我的内心在呐喊着!

如果是小偷,就让他拿走我所有的东西好了!

如果是鬼,就让它去吓隔壁的女孩们!不要吓我!

所有心理活动,都停留且只停留了一秒。

因为一秒之后,我突然听到那个黑影在喊我的名字。

⌀60

春末的四月,地板很凉,不敢和你说

黑影喊:"狮子!开开窗户!"

我惊魂未定,定睛一看,才发现是杨小川这个浑蛋,他竟然踩在防盗网里,站在我的窗户外面,用力地拍着窗户,对着我鬼喊鬼叫。

我一边起床打开窗户放他进来,一边大骂他。

我说:"小川,你疯啦!你怎么跑到窗户外面去的?!吓死我了你知不知道!"

杨小川满身酒味,喝得稀里糊涂。

他说:"没……没办法,田欣把门反锁了,你也把门反锁了,我……我从厨房的窗户翻进防盗网里,顺着就爬到你窗口了。"

我简直哭笑不得，我们家的防盗网，厨房窗户和我的卧室窗户是连成一片的，杨小川的确可以爬过来。

但是谁会想到要走这条不寻常的道路，大半夜站在窗外，吓得我差点儿就要尿床了好吗？

我继续骂他："你要作死啊！防盗网要是不结实，你不就掉下去了！你想进来你敲门啊！敲门你会不会？！"

杨小川醉醺醺地倒在我的地板上，对我摆摆手。

他说："从门口进来，怎么能符合我平地惊雷的出场方式？！人物出场，要酷！要炫！"

我接口说道："要作死！"

他哈哈哈哈哈哈笑着，困得眼睛都睁不开地说："对对对，要……要……要作死……"

我叹了口气，看他这个样子，马上就要睡着了。虽然已经是春天，但是睡在地板上也不行。

给沙发客打地铺的被褥正好被我洗掉，此时还晾在隔壁被田欣霸占的卧室阳台上。

万般无奈下，我拎着他的胳膊，把他拖到我的床上，他立马不客气地呈大字形，摊开胳膊和腿，舒舒服服地占满了我原本就不大的单人床。

我使劲推推他，我说："喂！喂！喂！你今晚怎么办？"

杨小川把我扯到他身边躺下，说："别吵别吵，嘘……我今晚就在这里睡了。"他拍了拍我的床单，说，"挺好，挺好。"

我刚躺下，就闻到他嘴里的一股超级冲的酒味，简直反胃到要吐出来。

黑暗中，杨小川那边已经打起响亮的呼声，我捂住耳朵，揪住他的鼻子，他的呼声稍微轻了一点儿。

但是一翻身，他又伸出一只腿重重地压在我的肚子上，我费了巨大的力气，才从他的铁腿之下挣脱。

我叹了口气，翻身面对着墙，被挤到了只有一个侧身的位置。我心想，这都是什么事啊？！

我原本好好地睡着觉，突然就被窗外的黑影吓得灵魂出窍，然后又莫名其妙地要和这样一个醉鬼挤床，我的人生为什么要变得这么糟糕？

小黑和球球刚刚不知道躲到了那里，此时看房间重新安静了下来，两只猫找了个我和杨小川中间的位置，舒服地安顿了下来。

我感觉更挤了。

一阵倦意袭来，我也终于闭上了眼睛。

王家卫式美好的梦，算是彻底泡汤了。

真希望今晚不要再发生任何事情了。

希望杨小川不要把他的口水流在我的枕头上。

陪我入睡的，是月光的忧愁。

⊘61
小羊肖恩,小羊肖恩,有许多朋友和它生活在一起

第二天醒来,我发现杨小川睡得还挺美的,虽然所有被子都被我半夜抢了过来。

我挣扎着爬起来,才感觉到因为一晚上蜷缩在墙角,我的腰背都疼得伸展不开。

我站起来恶狠狠地瞪着床上熟睡的杨小川,心想,等你醒了,看我不把你往死里揍。

田欣在隔壁也起床了,动静很大,两个女孩一早上心情很好地在聊着什么。杨小川被吵醒了,迷迷糊糊地睁开眼睛。

杨小川张嘴准备说:"喂——"

我赶紧一个纵身跳过去捂住他的嘴巴,他吃惊地看着我。

我小声说:"你要死啊!被田欣发现你昨晚睡在我房间,谁知道她会怎么想!"

杨小川无奈地摇摇头,一副懒得理我的样子,说:"你看着办吧。"

什么叫要我看着办?!是你昨晚喝醉了才偷偷摸摸爬窗户过来的好不好!

我又等了一会儿,田欣她们叮叮当当地洗漱完毕,终于关上门出去了。

甜甜在我的卧室门口挠门想进来,球球在屋里挠门想出去,我赶紧打开门,让这两只一夜未见就喵喵直叫的小朋友相会。

我踹醒杨小川,让他滚去自己的卧室睡觉,他挣扎着爬起来,哼哼唧唧地走回去。

我没忍住,又在他清醒的时候问了他一遍。

我说:"你到底为什么不敲门,要翻窗户?"

杨小川义正词严地说:"我不想吵醒你啊!你看,我是不是一个大好人?"

我说:"你当我没问刚才那个问题。再见。"

杨小川嘿嘿嘿地笑着,说:"还没谢谢你呢。"

我问:"谢我什么?"

杨小川说:"你还记得那个很酷的法国妹子吗,你帮我在陌陌上聊过的那个。"

我想了一下,脑海里浮现出一个拿着"左轮"拍照的法国女孩的画面。

我说:"那样的女孩,很难忘掉吧?"

杨小川说:"她告诉我,她要来北京了。我们应该会见面。"

我说:"噢,你不怕她远在缅甸的黑帮阿哥飞过来把你突突了?"

杨小川说:"不入虎穴,焉得虎子。"

我翻了一个白眼,说:"成语不是这么用的。"

杨小川厚颜无耻地说:"哎,有点儿紧张,到时候你跟我一起去吗?"

我"砰"的一声把他面前的门给关上,重新回到床上补觉去了。

手机的微信提示音响起,我下意识地点开了微信的图标。

要是我没有点开就好了,还能够再安稳做最后一个白日梦。

丁丁猫的头像,是一只黑色的绵羊。

那只绵羊是我们一起去珠海九洲城的时候她拍的毛绒玩具。

后来我才知道那是小羊肖恩。

小羊肖恩是一只搞笑的羊,它总是异想天开,总是闯祸,却总是对生活充满热情,热衷于冒险。

小羊肖恩的头像此时对我说:"我要去加拿大了,下周就走。"

我一下从床上弹起来,坐直身子,感觉到自己从未有过的清醒。

我清醒地意识到,我是真的不想让她离开我。

真的不想让她走。

062

没事就别吃芥末鱼蛋了,辣眼睛

我去丁丁猫的家里找她,贯中久不在。

我突然想起丁丁猫刚来北京的时候,我和她一人坐在一个西装租房销售的电动车后面,穿梭在团结湖看房的样子。

虽然那个时候我就知道半年后她就要离开北京,但是那个时候的我似乎觉得半年是一个很漫长的期限。

我走进她的卧室,她跳回自己的床上,床上还摆着电脑和移动硬盘。

我笑着说:"你以前在学校宿舍时就喜欢窝在床上玩电脑,现在自己的卧室里有沙发有茶几了,怎么还是窝在床上玩电脑?"

她沉思了一下，故作严肃地说："因为我的床怪一直死命拉着我的身体，我没有办法下床。"

我坐在沙发上，沙发上还堆着一个巨大的帆布包，是贯中久的。

我心里有点儿酸酸的，丁丁猫在北京的这半年，陪在她身边的一直是贯中久，而不是我。

我问她："为什么还是要走？"

丁丁猫说："我应该是去加拿大学动画，不是去做汉语老师。贯中久鼓励我去做自己想做的事情，我想了很久，觉得自己喜欢做的事情应该是这个吧。而且，或许等他忙完你们公司的那部片子，也会过来读书吧。"

我有点儿惊讶，但突然有点儿如释重负。

在来这里之前，我一直以为丁丁猫是要出国去做汉语老师，虽然我觉得这份工作也很崇高，但却总是有种她并不会真的开心的担忧。现在知道她做出了自己想要的选择，我竟然替她开心了起来。

我调侃地说："你剪辑课作业当年可还是学长帮你做的呀，就这后期功底，也可以去学动画？"

丁丁猫也笑起来，她说："不会的，可以学嘛。不过据说那家学校很多大神，我去了应该就是学渣类型。"

我拍拍她的肩，说："没事没事，去皮克斯工作这个我从小就拥有的梦想，就交给你去实现了！"

丁丁猫说："哪有这么容易。饿吗？我去煮火锅我们吃。"

我说："好好好！"连忙站起来，跟她一起冲进厨房。

我站在厨房门口，看她把买来的海底捞麻辣锅底放进烧得热热的油锅里用小火炸,伴随着嗞嗞声,厨房里瞬间飘满了麻辣香味。

我说:"锅底是需要这样处理的吗?我以为直接扔到开水里就可以了。"

丁丁猫说:"我可是重庆人!火锅就是我的命!你信我!一会儿尝尝就知道了,特别香。"

我端着空碗站在厨房门口,看她洗菜择菜,把各种鱼丸肉丸拿出冰箱解冻,再将开水倒入底料已经炸香了的铁锅。

我在想,是不是很多个刚刚过去的冬天的晚上,贯中久回到家,都能看见穿着宽大酒红色毛衣的丁丁猫站在云雾缭绕的厨房,做好又辣又香的饭菜。

很想给丁丁猫一个大大的拥抱。

我们坐在沙发上,用插线板连接了电磁炉,给锅里已经漂起来的圆鼓鼓的丸子加热。

丁丁猫说:"我今晚就要开始收拾行李了。"

我说:"好,需要的话就叫我,我下班就过来帮你。"

丁丁猫说:"你不是一直说少个穿衣镜吗,我这里的你拿走吧。还有一些摆件小工艺品什么的,需要的就拿走吧。"

我低了头闷闷地说:"好。"

我们开了两瓶啤酒,丁丁猫不停地给我夹菜,我碗里的丸子已经堆得要掉出来了。我大口大口地吃着,好像从来没有这么饿过。

心里空荡荡的,胃里也空荡荡的。

像极了大学毕业的时候,丁丁猫比我先离开学校,她的东西太多,家里有事走得着急,留了宿舍的钥匙给我。

丁丁猫说："宿舍里还有好多衣服被子来不及拿，你要是看有喜欢的，就拿走吧。剩下的帮我打包寄给我。"

我一个人去她的宿舍，收拾了很久，寄给她两大箱东西，自己留了她的一件墨绿色外套。

那件外套一点儿都不适合我穿，旧旧的，被她穿了好几个学期。

但是那件外套是她最常穿的，没有衣服搭配了，就胡乱套上，下楼挽着我的手去便利店买芥末鱼蛋，加很多很多的芥末，然后辣得眼泪直流。

"今晚的火锅也放芥末了吗？"我揉着眼睛，看不清楚坐在我旁边的丁丁猫，被什么东西辣得眼泪直流。

⌀63

记忆深处的旅行,短暂的相聚

丁丁猫走了,离开了北京。

帮她收拾行李、陪她吃最后一顿大餐的,都是贯中久。

我问贯中久:"那么你们接下来什么打算?"

他说:"再说吧。顺其自然。"

我很想拿棍子敲他的头,质问他为什么不去加拿大,陪着我最爱的女孩一起看看外面的世界,做她做想做的事情。

但是我察觉出他眼底的伤感和无奈,那种同样的神情,似曾相识。

被留下来的人才有的神情。

贯中久有的、舒平有的、条子有的,一样的神情。

我突然意识到，一段异地恋的开启，并不是任何人的错，也并不是任何人自私。

只是选择一往无前的人，注定不能体会到被留在原地等待的人会有怎样的失落。

我安慰着贯中久，说："哎，没事的，这一次你们没问题的。不就是异国恋嘛，反正你们都是夜猫子，作息说不定刚刚好一致。丁丁猫跟你前女友不一样，你放心。"

贯中久半天没吭声，最后说："嗯，不一样。"

中午，我去楼下超市给大家买饮料，结账时看到收银台旁边多了一个小盒子，卖那种两块钱一板的看起来像是药片状的蒙牛酸奶片。

那是以前我和舒平逛超市时我每次都会吵着要吃的东西。

他问我："为什么不直接喝酸奶呢？"

我说："我喜欢酸奶被固定在塑料里凝固了的样子，很妙，好像它的生命期限凭空多了很久。"

他说："保存日期长了很久，是因为有化学添加剂，你个笨蛋，连这都不知道。"

我说："我不管，反正不一样。凝固状态的酸奶，就是好吃。"

舒平磨不过我，最终还是买了一片，他说："只能吃一片，不能吃太多。"

我想着这些毫无逻辑的往事，伸手拿走了盒子里一片，加入待付款的袋子里，嘴里喃喃地说着："只能吃一片，不能吃太多。"

我心想，有什么大不了的嘛。异地恋。我光靠回忆，就能打败你们所有在一起的情侣狗的爱意。

我高高兴兴地结账，拆了一颗奶片含在嘴里，舌苔上蔓延开来淡淡的清甜，我走出超市时，收到了舒平的信息。

他给我转发了一首歌，是许巍的新歌《喜悦》。

我赶紧冲回公司，找杨小川借了耳机听起来。

> 我这漂泊的游子
> 每次思念远方的你们
> 我会向故乡顶礼
> 心中升起的喜悦
> 总在归乡的旅程
> 当家门在开启时
> 这世界变得温暖
> 心中升起的喜悦
> ………

我回复他："很棒！很好听！许巍真是太酷了！"

舒平说："你以前在家总放许嵩的歌，我给你听许巍你还不愿意听，你记得吗？"

我说："我哪有不愿意听，是没听过嘛，而且谁让你那时候说许嵩是垃圾了，气炸了嘛。"

舒平说："本来就是垃圾……你承不承认吧？"

我说："不是！许嵩许巍都挺好的！"

舒平发了一个愤怒的表情，就消失了。

我打开电脑,搜索许巍的新专辑,一个相关搜索页面弹了出来。

许巍的新专辑音乐会就在下周,就在北京。

我赶紧点开看了看,消息刚放出不到两分钟,还有票。

头脑发热的我突然想买两张票。舒平是许巍的死忠粉,沉寂已久的许巍,十年难得一遇的许巍音乐会,他一定会很想,很想来看。

如果我送给他,再帮他买好火车票,那他不就会非常开心了?!

并且,我不就可以见到他了?!

最后,我也想看许巍的音乐会!

月初,刚刚发了工资,不差钱!

完美的计划!完美!

我点下了订单,人数加二,购买,确认,付款。

心脏怦怦直跳,那种偷偷送人礼物的成就感和幸福感,充盈全身。

人生要是只停留在这一刻,就好了。

⊘64

小时候我们都以为未来会闪闪发光

  这天,北京的天气好得不真实。澄净的天空,就像最蔚蓝的海水。
  下了班,我一路欢腾地像只捡了芝麻又捡西瓜的猴子,挤完十号线又挤公交车,就是因为我要去拿东直门取票了,我要去拿许巍演唱会的门票。
  真让人高兴啊,马上我就可以举着票美美地自拍,再发给舒平,告诉他:"来吧,来北京!"
  七拐八弯才找到大麦网的取票点,我摘下自己的耳机,戴着耳机走路,这个习惯是舒平教给我的。
  他总是对我说,戴上耳机坐公交车下班回家,是他一天中最开心的时刻,看着红白蓝的车灯,在夜晚的珠海穿行,那种时候才感觉这个城市有一点儿属于自己。

拿到票,我站在秋天北京的风中,捋着凌乱的头发,拍了四十多张才终于选出一张自认为笑靥如花的脸以及手里的两张红色边框的演唱会票。

发过去给舒平,坐在马路边等他的回复,兴奋得都不知道手往哪里搁。

微信信息提示。我急忙打开他的头像——火影忍者里面的佐助。

舒平说:"真好,要去看许巍了啊。"

我心想:"欸,这个呆子,竟然以为我是和别人一起去看的吗?"

我说:"是我特意给你的票啦!你还可以顺便来北京,我们去天安门骑自行车,去后海喝啤酒!"

舒平发了一行省略号。

我问:"怎么了?你不想来北京看看我吗?"

舒平继续发了一行省略号。

我问:"你不想来北京看许巍的演唱会吗?把身份证号给我,我给你买好票。"

舒平说:"我不想去北京。"

我心里一沉,不知道为什么,这句话他说出口,我倒并不觉得太意外,只是我隐隐感觉到,我和他之间某种不能说破的东西,从这句话开始,被撕开了一个小口。

而这是我极不愿意看到的事情。

我心情突然就变得无比失落,但仍然强颜欢笑地说:"没关系,那就下次吧,我叫别人一起去看就好了。"

舒平那边似乎松了一口气,连续发了两个卖萌的微笑表情。

他说:"你能去看许巍的演唱会,真是太好了。帮我抱抱许巍。"

我说:"会的。"

舒平说:"那我先去继续工作了,你乖乖的。"

我说:"好的。"

挂了电话,我突然觉得自己的兴奋感一扫而空,仿佛原本幸福得要脑袋充血的眩晕感现在变成了实打实的眩晕感。

我提着自己的书包,像一只泄了气的气球,一步一步地走回公交车站,开始我漫长的公交转地铁、地铁再转公交,拥挤、杂乱不堪的回家之路。

但是在回家的路上,我花了三秒钟思考了一下,就做出了一个重大的决定,我不会像我告诉舒平的那样邀请任何人和我一起去看许巍的演唱会。

这件事只属于我和他,任何人都不能替代他的位置。

我要穿着他送给我的他的黑色外套,一个人去这个演唱会。

假装这是我与舒平约会。

假装他还在我身边。

假装我此时此刻无声地蹲在地铁的角落里哭泣,听着超载乐队的《如果我现在死去》,他会像在我身边一样,擦干我的泪水,把我抱在怀里。

好想念你啊，舒平。

好想念。

好想念。

北京大得出奇，公交车似乎从白天走到黑夜，也没到达团结湖。

高旗唱着：

> 如果我现在死去
> 明天世界是否会在意
> 你梦里，何时还会有我影迹
> 在你眼中，在你梦里
> 在你心底，我曾是那唯一
> ⋯⋯⋯⋯

⊘65
突然想到了"理想"这个词

　　我一个人坐在许巍的演唱会现场,仍然激动得难以自持。这天提前下班了,告诉杨小川我要去看许巍。

　　小川说:"一个人啊?"

　　我说:"对。"

　　小川说:"早说啊,我跟你去。"

　　我说:"哟,不是一般我约你看电影,你都说你要留着跟妹子看吗?"

　　小川说:"少来,那么多电影不都是我、你还有贯中久看的吗?是你老去一些书店、咖啡馆、演唱会,从来不叫我。"

我说:"小川,我问你个事。"

他放下手机,抬头瞟了我一眼,见我神情严肃,也正经了神色,回答道:"说。"

我说:"要是你喜欢一个姑娘,你会为了她放弃理想吗?"

他想了想,反问我:"你会吗?"

我说:"我不知道。"

小川立马看穿了我想问的到底是什么。他说:"要是为了真爱,可能会。但是这件事,不是你一个人说了算的,你也得看对方答应不答应。"

我说:"你不想问问我为什么会问你这个吗?"

他说:"快去看演唱会吧,不是说七点就开始了吗?多穿点儿衣服,变天了,外面特冷。"

我点点头,拎着暖水壶——一个狮子头红色瓶子,挥别小川,戴上耳机出门了。

《此时此刻》,是许巍新专辑的名字。

他此时正带着他的乐队在距离我不到五十米的台上,光芒万丈。

他唱着《蓝莲花》,那是我和舒平躺在珠海的家里,望着斑驳的墙、没有装修过的门框,一遍又一遍听的歌。

我打开微信,发现没有网络信号,没有办法给舒平发消息。

最好的歌,一定都能够让你无论何时听到都能够再次带你回到第一次听到它时的场景,让你想起那时候坐在你身边的人、说过的话、有过的懵懂情愫。

我闭上眼睛,想象身边那个空座位上坐着舒平,他穿着黑色的毛衣，伸手就可以牵住。我对他说："真好啊，我们一起看到了许巍。"

演唱会结束的时候，很多人都在大喊："许巍，牛×！许巍，我爱你！"

但是我想了想，竟然脱口而出一句："许巍，谢谢你！"

涌动的少年之心，想要浪迹天涯之心，永远年轻、永远热泪盈眶之心，在现场已经被点燃。哪怕舒平不在身边，我依然感觉到了力量。

因为除了对理想——那种如梦幻泡影的、自己说不清到底像什么的东西的追逐，我已经一无所有。

回到家，我跟自己说，就算一直只有我一个人在北京，我也会一直喜欢舒平，因为他给过我那么多美好的回忆，哪怕只有这些，我也能独自撑着度过所有漫漫长夜。

但是我没想到的是，生活很快就告诉我，这些想法是不切实际的。

看过那么多言情剧，都是异地恋的女生生病之后，男主角立马冲过来照顾。但是当自己真的病倒了，才发觉这件事是不可能发生的。

那天从许巍的演唱会出来，耳畔响起杨小川的提醒，才发现北京的夜晚真的变冷了。

在公交车站等了太久，回到家就头痛地睡了，第二天昏昏沉沉的，一量体温，果然发烧了。

杨小川不在家，他最近忙得不可开交，接了好几个私活儿在公司加班，根本没空理我。

我在小卧室躺了一整天，饿得肚子疼，却也不想爬出去吃饭。

人抑郁的时候，猫也似乎跟着抑郁，小黑一直闷闷不乐地窝在我的胳肢窝里,球球和甜甜时不时来我房间溜达一下,闻闻我的脸,好像来确认我死透了没,万一死了,它们就看着情况吃了。

我发了个朋友圈,说:"发烧了,要是我死在卧室里,朋友们,记得帮我照顾小黑。"

这种时候,哪里还顾得上男朋友有没有理我、能不能来北京看我,我真想一头扎进自己的家——真正的家。

躺在床上等着妈妈熬梨子水给我喝,吃外婆炖的莲藕排骨汤,然后坐着爸爸的车去医院。

什么理想,什么电影梦,我脑袋里的热浪一滚一滚的只想把它们通通烧光!

睡得迷迷糊糊的,传来门锁被打开的声音,竟然是李速溶。

李速溶走进来,大大咧咧地往我被子上一靠。

她说:"发烧啦?饿不饿?我给你带了吃的!"

我听到"吃的",立马两眼放光,一个翻身扑腾坐起来,张开双手扑过去。

而李速溶虽然穿着一身臃肿的黑色棉服,披散着她的瀑布一样的长卷发,逆光看,在我一个垂死的人的眼里却是一个纯白得要融化的天使。

我打开她给我打包的安妮餐厅的意大利面,大口大口地吃起来。我对天发誓,这是我这辈子吃过的最好吃的意面。

我囫囵着,问她:"你怎么有我家钥匙?"

她说:"小川说你病了,让我拿钥匙回来陪你。他太忙了,走不开,今晚还是住公司了。"

我说:"这小伙子还可以,有点儿良心。"

李速溶说:"你慢点儿吃,没人跟你抢。"

我吃完,用睡衣擦了擦嘴,满意地拍着自己的肚子重新躺下了。

我说:"你今晚能不能住我家?"

她说:"今晚不行,我还要回去弄电视台的PPT。明天你要是还没退烧,就赶紧去医院打针吧。"

我说:"那你可不可以看着我睡着了再走?"

李速溶:"好好好,我怎么觉得我跟你妈似的。那你快躺下睡觉。"

我躺下来,眼睛眯成一条缝,看见她坐在我的床头玩手机,灯光透过她的头发漏出来。

好久没有被人陪伴了。在这种安心的感觉以及感冒药的作用下,我很快昏睡过去。

这一晚,舒平并没有给我发任何信息。

⌀66

把我的灵魂带走，去更纯洁和有永恒阳光的地方

昏昏沉沉地醒来，觉得身体软绵绵的，好像半夜负重跑了很久的路，丧失了所有的力气。

查看手机，发现杨小川给我打了十个未接电话，但是我睡的时候把手机调成静音了，没有听到。

我还没来得及回复，就看到小黑蹿到我的床上，开始剧烈地呕吐起来。

虽然我知道猫平时会吐毛，但是看到小黑吃力地作呕，我还是无比心疼。

起身看着它，等它缓和了下来，跳下床，我赶紧去拿纸巾把它弄脏的地方清理干净。

但是这一次小黑并没有因为呕吐结束,就和平时一样跑到角落里窝起来舔毛,而是焦躁不安地在我面前走来走去,对着我不停地叫。

我问:"小黑,你这是怎么了?"

我在房间里转了一圈,又看到了小黑在另外两个角落的呕吐物,再检查了一下它的厕所,发现里面空无一物。

我心中一惊,上一次清理厕所已经是三天前了,如果不是我弄错了,那就是这几天它都没有正常地用厕所。

拖着昏沉的身体,我还是赶紧穿上衣服,把小黑抱进笼子,带它去附近的宠物医院看病。

路上我给舒平发了个微信。

我说:"小黑好像生病了,好担心它。"

舒平立刻回复了我的信息。

他说:"那怎么办,带它去看医生吗?"

我说:"对,在过去的路上。"

放下手机,我在思考,为什么猫生病比我生病更让他紧张。

可能是我想多了吧,或许他昨晚没有看到我的朋友圈。

可我却是只想发给他一个人看的。

在医院检查,医生说可能只是便秘,开了一种类似开塞露的药,给小黑用了之后,它现场就排便了。

小黑从未如此乖、如此安静地躺在我的怀里,依赖着我,就像一个生病的困倦的孩子。

整个诊室里,都坐着抱着宠物孩子的家长。大家三三两两地聊着"你家的泰迪怎么了?""我家的金毛偷吃了太多香肠,拉肚子"。我不觉感到有点儿好笑。

为了保险,还是给小黑输了营养液,等第二天看看它吃饭排便的情况,再来复诊。

回到家,已经是下午,我才想起自己又一天没吃饭。一阵倦意袭来,意识到自己也是个病人,赶紧把小黑安顿在暖和的被子里,跑到厨房打算煮饺子吃。

拿出杨小川之前买来放在家里的速冻饺子,我突然发现,我连饺子都不会煮。

只好打电话给小川。

我刚说:"喂。"

小川那边劈头盖脸就一顿数落。

他说:"你跑哪儿去啦?昨天给你打电话你不接,白天我回了趟家,你又不在家,一个人生病了不在家休息出门瞎跑什么!"

我说:"小黑生病了,我带它去看医生。"

小川:"噢。好吧。那你吃饭了吗,要不要晚上我带吃的给你?"

我说:"不用了,你忙吧,我中午没吃,现在已经太饿了,打算煮饺子。那个,饺子怎么煮?"

小川那边传来要晕厥的声音。

小川:"狮子,你是不是傻×?饺子你都不会煮?你怎么长到这么大的?"

我说:"你说不说,不说拉倒我自己百度。"

小川:"行行行,我跟你说。"

在小川的指导下,我煮完了一锅香香胖胖的猪肉白菜饺子,刚准备吃第一口,突然又听到剧烈的呕吐声从我的房间里传来。

我放下筷子,冲到房间里,发现小黑吐了一摊血水。

我吓得一个激灵,心疼得不知该怎么办才好。

我坐在小黑身边,静静地安抚它。

球球和甜甜不时从门缝里探头看看小黑这边到底怎么样了。

我查了好几家医院,最后决定去一家最贵的国际医院。

打电话过去预约,医院告诉我主治医生已经下班了,如果要加急诊的话,价格也会贵一些。

我看了一眼自己的手机银行余额,说:"没关系,加急诊吧。"

抱起小黑放进猫箱,把自己最厚的大衣拿出来包裹紧箱子,起身去穿鞋。

路过饺子的时候,赶紧三口两口吃了几个,便匆忙出门了。

⌀67

救救那些被摆放在公司门口的景观植物！

在国际宠物医院里,几个小时里,小黑做完了各项检查,虚弱地趴在我的腿上。

医生建议我让小黑住院,因为最好不要让它和家中其他的猫咪接触。

我舍不得小黑自己在医院待着,而公司就在医院的附近,我决定带它回公司睡一晚。

半夜,我带着小黑回到公司,打开门,小川坐在自己的办公室里,双眼通红地在剪辑。

我说:"小黑病了,我带它来公司待一晚,明天再去医院看检查结果。"

话没说完，眼眶就湿了。也不知道怎么搞的，就是觉得要是小黑真有什么事情，我大概受不了。

小川打开片子的渲染，起来陪我把小黑从猫箱里抱出来。

小黑平时非常害怕小川，连摸都不让摸，此时却很温驯地被他抱在怀里。

小川说："你别想太多，明天再去看看医生，查出来是什么病就好。"

小川抱着小黑躺在沙发上，这是我印象中他第一次抱着小黑，而小黑完全没有挣扎。

小川抚摩着小黑，哄着说："睡觉吧，睡觉，我也困了。"

我笑着擦干眼泪，心想我这是在哭什么啊。

我从柜子里拿出来小川平时在公司睡觉盖的被子，想给小川和小黑盖上。

小川说："你盖吧，我有外套就行了。再说了，小黑就是我的被子。"

小川顺手把桌子上的外套挑起来，盖在自己的腿上，而小黑躺在他的怀里，似乎已经完全睡了过去。

我点点头，拿着那床被我吐槽了几百次的半年以来从来没有洗过的被子，睡在另外一张沙发上。

闭上眼睛，无边无际的黑暗袭来，我饥肠辘辘地睡了过去。

天刚亮，我从梦里惊醒，记不清梦到了什么，只是觉得醒来心里很难受，眼角有泪水。

我睁开眼睛，看到对面沙发上没有小川也没有小黑，吓得一个激灵，猛然站起来去查看。

小川正蹲在另外一个角落，小黑趴在他面前，喝小川用自己的碗给它接的一碗水。

我说:"你醒啦?这么早?"

小川说:"早就醒了,渲染完了,我就去接着剪辑了。"

我走过去摸摸小黑的头,小黑喝完了水,温柔地用额头蹭我的手,对着我喵了几声。

我说:"医院应该差不多开门了,我一会儿带小黑过去,今天还是帮我请假吧。"

小川说:"没事,你去吧。本来你发烧也是请假了的。"

我抱起小黑,收拾好东西,准备出发。

小川说:"你没有牙刷吧,给你吃点儿这个。"

小川拿了瓶口香糖给我。我接过去倒出来两颗。

我说:"你该不是也不刷牙就光吃这个吧?"

小川说:"公司就是我的家,我会没有牙刷吗?我连洗脚盆都有!"

我对此表示了赞叹。

我说:"咱们公司要是再有个洗手间有个浴缸,估计你就再也不会回家了。"

小川说:"呵呵,没有洗手间确实很麻烦,有时候我晚上懒得出去,就在那棵树上解决。"

小川指着公司门口的那盆景观植物。

我反应过来他说的是什么之后,震惊得合不拢嘴。

我在心里默默地说,我以后一定要离那棵树十米远!

我想了想,认真地问他:"小川,你跟我说实话,你有没有往公司的垃圾桶里拉过屎?"

小川说:"你真的想知道吗?"

我捂着耳朵,带着小黑,跑出了公司。

⊘68
毕竟大家都是光溜溜一个人来到这个世界的

医生拿着两张我完全看不懂的化验单,告诉我小黑得了胰腺炎。那是什么,我不太清楚,但是医生说,这个病有危险,不太好治。没关系,我摸着小黑的头,我们一起撑过去。

自从病了,它就卸下了"傲娇"女王的伪装,像只真正的暖融融的小猫一样窝在我的怀里,偶尔还会呼噜两声。

小黑被安排输液、扎针,我跑上跑下去给它准备毯子、暖手袋。气温并不算低,但是担心的家长就是这样,必须让自己忙碌起来。

因为一旦停下来,就会有空隙去忍不住瞎想,万一一个不小心,失去小黑,那会意味着什么。

我让自己非常忙碌，为了些琐碎的事情操心，哪怕是去跟医生反复讨论病情，问护士每天要打几次针、每次多少剂量、每瓶的成分大概是哪些。

我看完了网上能查的所有资料，让这一整个白天都变得似乎短暂而且满满当当。

整个下午，我抱着吊着药瓶的小黑坐在医院的窗户边晒太阳。

我对小黑说："你乖乖地好起来，我们就像我们以前说的那样，我和舒平一起开一家书店，你就坐在门口晒太阳，有小朋友来，我们倒可乐招待他们，有不喜欢的客人，你就出去凶他们。你就是我们的招财猫，跟着我们作威作福。"

但天黑下来，医生下班了，值班的护士让我交完住院费用，我央求再三，恳求他让我留下来守夜。

护士大哥考虑了一下，给了我一张椅子。

他说："那你就坐在这里看着吧。要是困了就去楼下的沙发上睡会儿。"

我说："好的，我肯定不会打扰其他动物的。"

就这样，我彻底没有事情可做了，也不能再去抚摸小黑，只是看着它痛苦地蜷缩在小隔间里，偶尔不高兴地扒弄一下自己的"伊丽莎白圈"。

困意袭来，心里空荡荡的，更多的是恐惧。

我走下楼，拉开医院的大门，穿着单衣走到马路边，夜里的冷风吹到我滚烫的额头上，我的心里、胸口的位置，火烧一般的难受。

我打电话给舒平，响了很久，他终于接起。

我说:"小黑病得很严重,它现在在住院,我在医院守夜。"

舒平语气焦急,问:"怎么样了?昨天去医院没有打针吗?"

我说:"昨天去的医院没有查出来是什么病,让我先回家了。要是早点儿来现在这家国际医院就好了,虽然贵,但是查了出来。"

舒平突然莫名地生气了,他说了一句我思前想后都不能明白的话。

他说:"你就是为了省钱,才故意一开始去便宜的医院,是吧?"

我惊讶地回答:"你怎么会这么说我?你怎么能这么说?"

舒平说:"我懒得说你。"

舒平气愤地挂掉电话,剩下一脸茫然的被训斥的我。

我再次打给他,他按掉电话。

再打,仍然按掉。

一种不被理解的委屈翻滚着涌上我的头顶,涌出我的眼眶。

我坐在马路边,像一个被丢弃的孩子,给他发信息。

我说:"求你了,我现在很无助,不要在这种时候抛弃我。"

他说:"你别再说这种话,真的很贱。"

我说:"我到底做错了什么,你为什么要这样对我?"

他说:"你什么都没有做错。"

我说:"求你了,给我打个电话吧。我现在真的不想跟你吵架,我承受不了,我很难过。"

舒平打电话过来。

我接起电话。

我没敢说话。

他也没有作声。

我们就这样沉默地举着电话。

一分钟过去了。

两分钟。

五分钟。

如果不是护士走出来，拍了拍我的肩膀，我不知道自己会不会在寒风中一直对他沉默地对峙着，站成一尊雕塑。

我挂掉电话，护士语气严肃地对我说："你去看看小黑吧，它的状况不太好。退烧药没有起作用，它又大小便失禁了。"

后面的事情，发生得好像梦境一样。

我发着烧，分不清这是一个缓慢移动的噩梦，而且细致到每个情节都那么清晰、真实。

值班的医生被医院从家里叫来，他带着我，我抱着小黑，坐上救护车前往这家医院更大的基地去检查是否提前给它做手术。

在那里，医生给小黑抽了一大瓶肚子里的水，然后小黑瘫软地被医生拿去检查，抽血，化验。

被病痛折磨的小黑此时已经虚弱得抬不起头看我。

医生和他妻子——另外一位值班医生，一直在为小黑忙碌。

我认出来那位女医生是小黑刚被捡到时帮我检查小黑身体状况的医生。

男医生走过来，语气温柔地告诉我一个残酷的事实。

他说："很抱歉，小黑现在的状况，可能撑不了三天。

"我们没法按照原计划给它做手术，它现在身体太弱撑不过去，你只能把它带回家，或者在这里安乐。"

我无比清醒，无比理智，做出了决定。

话说出口的时候，声音听起来根本不像我，而是另外一个——主控这整个梦境的恶魔。

我说："安乐吧，我不想让它再这样痛苦几天。"

医生点点头。

我一步一步走过去了，小黑在我的怀里，它湛蓝的眼睛看着我，似乎并不知道我们要做什么。

是啊，它是聋子。

一只聋猫。

一只除了对我，对其他人从来不撒娇，不愿意被抚摸的"傲娇"女王。

一只曾经在斯斯楼下小区当"老大"的大白野猫。

一只陪伴我这么久，度过最寒冷的冬天、最寂寞的夜晚的我的心头之爱。

我看着女医生举着针头朝我走过来，慢慢地扎进它的皮肤。

动作轻柔。

就像我刚刚捡到它的时候给它打猫三联疫苗的时候一样。

小黑的眼睛慢慢不再望着我，时间仿佛被停留在这一刻。

它去了更美好的地方。

我无法向它道别。

我们永远无法向那些不忍分别的心中所爱道别。

之后的事情，我就像牵线木偶一样被医生带领着做完。

将它打包好，装进盒子，我跟医生说："给我点儿时间，我出去打个电话。"

医生说:"好。"

我转身,头也不回地走出去,泪水汹涌而出,我试了好几次都打不开医院的玻璃门。

打开门,我跑出去,坐在医院门口下坡的楼梯上,放声大哭起来。

我觉得心口好疼,像被人用钝器一下一下击打一样疼。生生地疼。

我打电话给妈妈,说了个开头,就是没法说出那句话。

妈妈慌乱不已,一直在问我。

她说:"怎么了,宝贝?怎么了?出了什么事告诉妈妈,我们一起想办法解决。"

我该怎么说,这件事已经无法解决了?

我该怎么说,这件事就此终止了?

在死亡面前,一切都变得那么脆弱,不堪一击。

我抱着自己的膝盖,真希望自己能够就此昏睡过去。

醒来一切都还是美好的,舒平还是爱我的,小黑还在,陪伴在我暖暖的床边。

⊘69

你是无处不在的风

  我将小黑埋葬在和斯斯一起捡到它的地方,靠近西单马路边的树旁。那个地方,可以听到每隔一小时的《东方红》的钟声。
  我回到家,眼前一黑,彻底昏睡过去了。
  再次醒来时,家里仍然只有我一个人。
  起身给甜甜和球球加满食物,换好猫砂,我披上了最厚的外套,走出房子。
  楼下阳光灿烂,买早点的摊档都热气腾腾,我直视着天空,看到所有光芒都向我涌来,却感受不到一丝温暖。
  我没有办法一个人待在小黑生活过的房间里。它的垫子、厕所,喜欢趴着看窗户外的一小块变色的书桌,它留在我被子上的猫毛,藏在床底下没吃完的罐头。

它那么凶，喜欢咬人，性格生僻，不爱搭理人。

它却是第一只属于我的猫。

这天是周末，无处可去的我，回到了公司。

小川在做他一贯的工作，看到我出现，他担忧地站起来，似乎很想说点儿什么安慰我，却动了动嘴唇，什么都没说。

我说："我没事。"

小川说："那就好。吃点儿东西吧，我下楼去帮你买。再吃点儿感冒药，好几天了，你怎么还在流鼻涕？"

我吸吸鼻子，在公司窝着吃了点儿小川买的东西，仍然觉得很难受，好像一个一直负重奔跑的人终于走到了所有路的尽头。

吃完感冒药，就这样昏昏沉沉地睡在沙发上，梦里全是凌乱的画面，与小黑有关的事情，点滴的细节席卷了我的脑海。

半夜两点，我打开手机，舒平的头像旁边出现一条未读信息。

他说："你还好吗？"

我说："我很难过。"

舒平说："唉。"

我说："我说过，要和你开一个书店，小黑作为我们的店长，每天都在门口晒太阳，现在什么都没有，它就走了。我不能接受这件事。"

舒平说："生活就是这样，我们拿这些鸟蛋的事情一点儿办法都没有。"

我说："不，我不信。"

舒平说："或许等等吧，再过几年。"

我说："不，我总是等待，最终也会忘了为什么要有当初的念头。

我们是在书店认识的,我们一起画过书店的草图,我们说过那么多美好的幻想,为什么我们不能现在去实现它?"

舒平说:"你总是这么天真。我在书店打过工,我知道开一个书店需要多少钱。你对这个世界,真的什么都不懂。"

我说:"我会开一个书店的,就叫黑猫书店。"

舒平说:"嗯。"

再次睡去的我,心里蓬勃而出的念头、想法,仿佛已经实现了自己对小黑的、对舒平的、对自己的承诺。

在梦里,我遇到了这个世界上的一切,但不会遇见你。

第二天早晨,我和小川去楼下便利店买面包。

我告诉小川自己想要开书店的事情。

他说:"在北京开书店是不可能的,你可能连租一平方米店铺的钱都不够。"

我说:"我想过了,没有办法开书店,那就摆一家书摊吧。摆旧书摊,卖自己已经收藏或看过的书,再用这些钱买更多书,慢慢来吧。"

小川问:"为什么一定要开书店?"

我说:"因为我答应了永远不高兴的小黑,没头脑的我会为它开一家书店的。"

小川和我吃着面包回到公司,小川用钢笔写了一张"黑猫书摊"的牌子,又写了一张"今日特价,10元一本"的牌子,递到我的面前。

他说:"到时候摆在书摊前面吧。你想好了的事情,就去做吧。"

我说:"好。我可以在五道营摆一个书摊。边看书边卖书。卖不出去的,那我就自己看。"

⌀70

梦快要醒的时候就再睡一遍啊,浑蛋

我从自己在北京这一年买的书里挑了一些出来,又去孔夫子旧书网收了一些看过但手边并没有的书。

从旧书网买到的,一共二十来本吧。

收到了网购的书,打开的瞬间崩溃了。

第一次买二手书,没有经验,觉得很像盗版。

我打电话给卖书的网店老板,和老板大吵了一架,气得全身发抖。

网店老板说:"这不可能是盗版,如果你非说是盗版,那就一把火烧了,给我拍照片为证,我退钱给你。"

我说:"我不是为难你,但是这些书和我之前在书店看到的版本确实不一样。"

网店老板说:"一本书有很多个版本是正常的情况,即使同一版本也是不同次印刷会导致纸张感觉不同。如果你不信,你就退给我,这些书也是我的宝贝。"

晚上,我抱着这些书靠在床上翻阅,在一本《呼兰河传》里,发现网店老板忘了拿出来的一张剪纸。

是一幅星空,很美。

我知道,自己弄错了,这些书确实是老板的宝贝。

第二天,我给网店老板发邮件道歉。

老板说:"不好意思,我之前的语气也太重了。说起来,你买的书还真是杂。"

我说:"我想开一家书店,但是没有场地,所以我打算去摆书摊了。"

老板说:"在孔夫子上卖旧书的人,谁会没有个书店梦?我以前就是想开书店,屯了三间屋子的书。"

我问他:"后来你开起来了吗?"

老板说:"一旦这个时间过去了,杂七杂八的事情太多了,哪还有心思开书店?"

我说:"真是太可惜了。希望我能快点儿把我的书摊摆起来。"

老板说:"我这里还有很多没有上架的书,全都便宜卖给你吧。"

不打不相识,也算是交了一个书友。

我感激不尽,就差扑通一声给老板跪下了。

就这样,我收获了自己书摊的第一批二手书。

第二天,小川陪我去宜家买了摆地摊用的凳子和铺在地上的布。

没忍住,超出了自己的预算,我买了一个玻璃瓶和两支塑料花。

小川帮我挑了几盏透明小灯,他还有太多事情,先回公司干活儿去了。

我背着它们坐地铁,走街串巷找合适的位置。

我感觉自己从未如此靠近梦想,全身都充满了力气。

以前大学时期,拧瓶盖也要去找舒平,现在却可以拖着一个巨大的行李箱,再扛着木头椅子和一个装满书的宜家袋子转一次公交和两次地铁了。

今天是书摊开张,我紧张兮兮地拖着二十多本书和一些明信片杀去了胡同。

还没把书摆全就有人在旁边蹲着看,我心里一慌,哎哟,生意这么好,一会儿卖光了,明天还得进书多麻烦。

事实证明人家真的也就是看热闹,而且后来连看热闹的人都不多了。

等我在五道营找好位置坐下来,摆出自己的书,我拍了张照片发给舒平。

舒平说:"真好。真好。又孤独又酷,还装×。"

我心里却甜得像蜜一样。

我一直很紧张。收到了一条小川的信息。

他说:"记住,你是在做生意,无商不奸,好好做一个奸商吧!"

不久,有一个路过的顾客拿起一本书,问我:"老板,能不能便宜点儿?"

我不知所措地看着她。她用耐人寻味的眼神望着我。

我不说行也不说不行，就发呆了。

整个气氛变得非常诡异和尴尬。

我在心里呐喊："醒醒啊老板！这种时候别掉链子了！"

最后顾客看我没有说话，就摆摆手走了。

我反而松了一口气。看来应付这种场面，我真的不太在行。

有个女生想买两本布莱克的书，让我给她留着，她去个厕所就回来买。

等她回来时她拿出一副要和我长久砍价的阵仗，出口就是撒手锏。

她说："老板，这书在京东上卖可便宜多了，你一本二十五、一本三十怎么着也给我便宜点儿吧。"

我愣了一下，气运丹田，想要拿出奸商的嘴脸，憋了半宿说出来这么一句话。

我说："我也觉得我卖贵了，你还是去京东买吧。"

然后，妹子惊讶地看了我三秒钟，掉头走了。

留下一个内心翻滚的我。

071

总是瞻前又顾后,为不在的事物烦忧

第一个来买我书的顾客,拿走了一本《黑暗竞技场》。

他问我:"为什么这本书叫作'教父之四',明明《教父》只拍了三部?"

我答不上来,又羞于承认,信口开河掰扯了半天。

最后他打断我。

他说:"我是不是在哪里见过你?"

我才想起来,上个月去参加库布里克书店的一个活动,他是那家店的咖啡师,就在我信口开河问完活动方主持人问题后,他把咖啡给我端过来的。

我要说有缘千里来相会吗？

这位大哥被我一顿瞎侃后买了书。

我收完钱，手都在抖，还兴奋地喊了一句。

我说："嘿！终于赚到钱了！"

大哥只能一脸尴尬看着我。

第二个顾客是个姑娘，很清秀，是个行政助理，随便翻了翻就拿走了一本《海的牙齿》。

她问我："之后你还会有别的书吗？我就住在附近，以后会常来。"

我点头如捣蒜。

这个姑娘真好，还买了一张《音乐之声》的明信片。

她说："我以前是学播音的，《音乐之声》这部电影，我特别喜欢，还在学校排练过。"

怪不得我觉得她的声音特别好听。

第三个也是最后一个顾客，一个公务员，帮同事拎着包，让同事先走了，自己留下来，在书摊前看了很久。

他和我聊了半个小时，从哲学聊到电影，聊到社会，聊到北京，最后发现大家是老乡，分外亲切。

他是学哲学的，最后带走了一本1976年第一版的《黑格尔小传》。我本来标价五十，想到这本书给他拿走再合适不过，三十块就卖给他了。他很开心，留了电话号码，之后说写了读后感发给我看。

书摊对面是一家叫作孙小美的首饰店。

老板溜达过来想要买我的书签。

我说："书签本来就五毛一张，不如就送你些好了。"

可是首饰店老板追着把钱给了我。

孙小美说:"这是必须给的,大家都是做生意的,都不容易。"

于是今天的所有收入就是这样了,来来回回很多人停下来看、拍照、翻书,但是一整晚只卖出去了三本。

也遇到了几个"奇葩"。

有个很流气的中年大叔站在书摊前很久,我在看书,没理他。后来他走了又溜达回来。

大叔问我:"明信片怎么卖?"

我说:"两块一张。"

大叔几乎问了所有东西的价格,然后跟我说。

他说他要自己印一百万本书,让我帮他卖。我问是写什么的,他答是瑜伽。

大叔,你是认真的吗?你玩我吧?

他一本正经地跟我说:"一本书标价四十九,你卖出去一本给我二十就行了。我不会干涉你怎么卖,只把银行卡号给我,卖出去一本给我打钱就好了。"

最后大叔给了我个地址让我有空去找他,是这么写的:

"我的沙县小吃店在××中医院正对面,地铁是×××××××,左转五十米即到。"

沙县小吃果然卧虎藏龙啊!

还有一个不速之客大黑猫,趴在我的《黑色大丽花》上就开始打盹儿,一副就是让你卖不出去书的样儿。

不过它给我吸引了好多手机摄影党。

最终由于不耐烦不停被人摸和围观,它慢腾腾地爬起来走了,走之前还挨个儿踩了一遍我的书。

大黑猫,我明天给你带点儿小黄鱼去,以后遇到城管,你帮我挠他。

一个晚上,我都攥着那本雪莱的《云雀》,在路灯下读诗,还读出了声。

我这是有多装 ×。

但是读一读抬头就是晴空和一弯明月,心情还是很愉悦的。

五道营这里,还有很多人得花钱去咖啡店的二楼赏月,我一个人却霸占了街道所有的灯光。

这一晚《云雀》里记忆最深的一句是:"我们总是前瞻又后顾,对不在的事物憧憬。我们最真心的笑也洋溢着,某种痛苦。"

我来回读了很多遍,眼眶有点儿湿,远方的人、遥不可及的梦,不知道我要多久才能奔向你的身边。

从这个小小的书摊到成为我梦想中的书店,不知道还隔了多少必须经历的痛苦波澜。

⃝72

你的城市,有没有一扇门为我开呢?

就这样开始了白天上班、晚上下班后拖着行李箱去五道营摆摊的生活。

杨小川、斯斯、李速溶、条子,都说过要来五道营陪我摆摊。

但是我都拒绝了。

我固执地认为,那个小小的地摊,我希望第一个来陪伴的,是那个遥远的人。

但是他从没有开口。

两个月过去了,我渐渐从低落的情绪中走了出来。

五道营的那条街道,变成了我新的秘密基地。

巷子口卖弹弓的特别"老炮儿"的北京大爷请我吃过他的火烧鱼。他说，这整条五道营的地摊，都是他来罩着，如果城管来了，他就大声吆喝一声让大家跑。

在地摊旁边"沐茗"打工的少年阿凡，会在天气热的晚上给我偷偷端出一杯冰水。

对面的咖啡馆老板时不时过来翻翻书和明信片，知道我不好意思收钱，总是扔下钞票，抱着书撒腿就跑。

每天都过来陪我一会儿的大黑猫、路过就要冲我摇尾巴的附近的大黄狗，都已经把我当成了自己人。

一些住在附近，上下班会经过的熟客，不管买不买书，路过都会打声招呼。

而第一天就光顾过我的书摊的买走《黑暗竞技场》的男孩，有一天骑车经过，扔下一个特别重的袋子，打开一看，里面是十几本关于书店的书。

他说："送你的，明天见。"

害羞似的，他站起来使劲蹬了两下自行车，飞也似的逃走了。

我有一个本子，记载了每天卖出的书以及买下它们的客人的样子。

而很多停下来的人多半会问我为什么叫黑猫书摊。

我都会告诉他们，我有一只猫，叫小黑。它有一双蓝色的眼睛，是世界上最漂亮的猫。

有时候聊得上头了，我还会给他们看看手机里小黑的照片。

摆了两个月的书摊，遇到了一次节假日。

我看着账户上因为给小黑看病、买书进货而所剩无几的余额，想了想,买了两张去武汉的车票。

我知道这周舒平要去武汉出差。

我打算到达武汉后再告诉他这个惊喜。

杨小川知道我要去武汉后,露出了迟疑的表情。

我看着他的眼睛,我说:"我知道你想说什么。"

他拨弄着自己电脑前的摆件,没有抬头与我对视,他说:"你知道就好。"

我说:"你去英国追喜欢的女孩时,我是祝福你的。我希望你也祝福我。"

杨小川叹了口气。

他说:"很多时候,我们所做的一切,都是为了自我感动罢了。但是,我还是祝福你。"

他拍了拍我的肩膀,钻进他的小黑屋,继续与剪辑做伴了。

走之前,他对我微微一笑。

他说:"等我忙完这段时间,就又有钱有时间了。等你回来,帮我做参谋长啊。去他妈的爱情。多约几个姑娘,没有什么过不去的坎儿。"

我说:"滚蛋。"

因为没钱,从北京到武汉,我买了十个小时的站票。

我想了想,背了十本书,也许运气好,一小时卖出一本呢?

火车上,我拎着书袋一排排叫卖,竟然卖出去一本《斯坦布尔列车》。买书的人是个很斯文的男生。

他说:"你随便在扉页上写点儿什么吧。"

我接过书,在摇晃的火车上用圆珠笔写了一行字。

他看了后特别开心。

但是我的运气并不总是这么好。

有个男生用手机看电子书,我说:"我借本书给你看吧,不要钱,看电子书对眼睛不好。"结果他觉得我是骗子。

还有个姑娘看了眼我的书——一本北岛、一本爱伦·坡,高贵冷艳地说:"你应该卖一些更有深度的书。"

但是这趟火车始终是一段难忘的旅程。

我站在夜深人静的车厢连接处,与我剩下的几本书做伴,看着窗外不断向后退的山川原野,感觉自己在朝着某种光明的事物靠近。

列车将带我去那个我渴望已久的地方。

见到我渴望已久的人。

⊘73

其实要走过那条马路并不难,只是没有人在对面等你

武汉后书殿。一个废旧的写字楼里,两只肥得走不动的猫,一排被养死了的植物,但是有整个屋子的书。

第一次来时,我还是大学生。那天天气晴朗,我赖在书店晒太阳,里和老板唠嗑。

我说:"我想开一家你这样的书店。"

老板把头从摞成一座小山的背后抬起来望着我,说:"那就开。"

我无奈地摇头,说:"没钱,也没时间。"

老板说:"借口。都是借口。"

这天是我第二次来这里,我没有想到这里是我到达武汉的第一站,也没有想到是在武汉的唯一一天,我又在这里赖了一整天。

我跟老板说:"我还是没钱没时间,但是我开始摆地摊了。"

老板慢吞吞地在书架里翻来翻去,摩挲来摩挲去,翻出了十几本特好的书,一摞拍在我面前。

他说:"拿走,够你的破书摊吃一个月了。"

我跟老板随意地坐在书堆里聊着天。

我说:"你又给我这么多我也喜欢的书,我觉得把喜欢的书卖出去很让人困扰。"

老板,一个长得非常像舒平的武汉男孩。

他说:"每本书自然有它的缘分。书和人一样,总会找到最合适的主人。"

坐在书店里面想舒平,他在武汉,但是不肯出来见我。这件事似乎在我的意料之中,我却无从面对。

我只想逃避这件事实,假装自己来到武汉,在距离他或许不足几公里的书店里,只是为了和老板聊天。

小川说过,一个男人如果想见你,距离并不是问题,时间也并不是问题,所有的借口都是因为他其实没有你想象的那样爱你。

我坐在书店里,最后一次拨通舒平的电话。

我说:"白天我知道你在工作,那晚上可以出来吗?我在后书殿,距离你们工作的地方很近,大概只有两公里。"

舒平说:"我跟你说了,我很忙。工作,走不开。"

挂掉电话,我趴在书店的小阳台上号啕大哭了一场。

我知道有些事情无法再掩盖，有些事情无法再假装，继续虚伪地面对生活，不如一次性撕开它的真相。

哪怕是被刀戳破后流血而亡，也好过掩藏伤疤之下的脓疮。

第二天，我坐上了火车，与来武汉时的心情完全不同。

来时带的书都送完了，结果又背了更多的书回去。

我在回北京的火车上抱着那些书，安心地睡了过去。

我只想快点儿回到北京。我的团结湖红砖小楼。我的五道营。我的书摊。

那里才是我该去的地方。

坐在回团结湖的出租车上，我收到了小川的信息。

小川说："下了火车，就回来吃饭吧。我们都在。"

"崔红潮"餐馆里，几天未见的李速溶、条子、贯中久、杨小川、Tom 都聚在了一起。

我望着朋友们的脸，大家一如往常地喝着酒，唱着歌，调侃着身边那位叫作崔红潮的裸体小胖子。

而我的脸上写满了疲惫，此时此刻我只想吃一大碗热热的饺子，然后永远和大家在一起。

没人询问我去武汉有没有见到舒平，就连最喜欢骂舒平是傻×的条子也礼貌地避开了这个话题。

是时候了，我这样想着，是时候了。

074

今夜还吹着风,想起你好温柔

吃完饭,我连行李都懒得放,问小川:"你回公司还是家?"
小川意气风发,一脸挽起袖子大干一场的表情说:"我要回公司。"
我说:"走吧,我也回公司。"
小川骑着摩托车带我回到公司,我们坐在公司的沙发上对视。
我对小川说:"我想喝酒。"
小川从办公桌下面拿出他藏在里面的百利甜,倒给我一杯。
我举起来一饮而尽。
他什么也没说,陪着我喝了一杯。
百利甜真是一种很完美的酒,喝到嘴里像牛奶一样甜蜜,吞咽下去之后却会让人醉得很快，像是一种慢性毒药，一点点瓦解人的意志。

我挥舞着自己的酒杯，对小川说："我跟你说，我对他的爱，光靠回忆就能够再支持几十年，我能把你们这些肤浅的性爱、肤浅的陪伴，杀得片甲不留。"

小川突然对着我发起火来，他伸手把摇晃的我的胳膊架住，夺走我的酒杯，狠狠地扔到地上。

小川说："你别再骗你自己了行不行？！你别再活在幻想里了行不行？！"

我蹲在地上，想捡起我的杯子。我蜷缩起来，像一只受到惊吓的猫。

我喃喃地说："他好像变得不是他了。我爱他爱到我的毛孔，我的呼吸、我的心脏、我的头发尖到指甲盖，每一寸都有他的存在。我现在好难过，我只想找他，但是他让我这么难过。我只想找他，他却把我往外推。"

小川叹了口气，把我扶起来，让我半躺在沙发上，他坐在我的身边，像在哄一个哭闹的孩子。

小川说："你现在站在一个坎儿前面，坎儿外面是独立，你的正面是敌人，想要把背后交给他，但是他突然对你说，他撤了。你要知道，或许他要走，你真的留不住，我们谁都留不住。但是他走或者不走，你都得跨过这道坎儿。"

酒精麻痹了我的大脑，让无数的记忆翻滚着热浪侵入我的眼睛。

我说："还记得那时候在学校，我的眼角膜发炎，他照顾我，给我买早餐,带我坐公交车去医院。我躺在病床上,缠着纱布,他拿着一本故事书给我念,还开玩笑说,如果我瞎了,他会一辈子当我的眼睛。"

杨小川拍着我的背,他说:"哭吧,哭吧,好好哭一场。"

我说:"这个世界怎么会这样啊?"

小川说:"你要知道,两个人在一起,需要两个人同意,但是分手只需要一个人决定就可以了。"

我突然歇斯底里地拉住他的胳膊,我说:"小川,我求你了,我好难过,你拿枪指着我吧,一枪打死我。"

小川沉默了半晌,对我说:"我也总是问自己,为什么总会这样,为什么这个世界总是有这么多人痛苦?我喜欢过很多女孩,但是她们总是把我当成傻×。或许,等你回头的时候,你就会发现,所有那些痛苦的经历,才会让你成为你自己。"

我哭累了,躺在沙发上,在酒精的催眠下睡去。

他坐回他的办公室,打开电脑工作,我一个人窝在沙发里,翻来覆去做了很多梦,再次醒来的时候,仿佛下了某种决心。

我终于打开手机。

我给舒平,一个字一个字地发出信息。

我说:"我有个问题,一直都很想问问你。"

舒平说:"你说。"

我说:"你是不是不爱我了?只要你说一句你不爱我了,我们就做朋友吧。"

舒平说:"我很难开口。"

我的眼泪顺着脸庞,流到公司的布艺沙发上。曾经这张沙发,我常常嫌弃,因为自从它被买回公司,据说就从来没有洗过。

这下好了,以后,它更脏了。

我无声地哭了很久,最后在我的诺基亚手机——这款与舒平一起在珠海买的手机,存储了无数张我们合照的手机屏幕上,发了这些文字:

"让我说吧。

"如果你挽留我,我立马忘记刚才的对话,继续给你发甜甜的照片,问你吃没吃好吃的,给你讲我摆地摊的日常生活。

"如果你没有挽留我,那我就知道这件事就这样了。我们还是朋友。

"我准备说了。

"我不爱你了。

"我们分手吧。"

良久之后。舒平回复了我的消息。

他说:"我不知道该说什么了。"

我脑子里一片混沌,只觉得躺在这里一瞬间失去了所有,落入了无边的深渊。整栋大厦似乎重重地朝我压了过来,我感到难以呼吸,仿佛一场没有尽头的噩梦在疯狂追逐着我。

我对舒平说:"我想走,我想去火车站。随意去哪里都好,我想离开北京。等我再回北京时,我答应自己不再想你了。"

软件因为检测到"想你了"这三个字,而展现出不合时宜的浪漫,掉下无数颗闪闪发光的鹅黄色星星。

我抱着手机屏幕,恍惚地说:"你看,掉星星了。"

舒平说:"不要。"

我不知为何,心中泛起湛蓝色的涟漪,好像被撕开的那道口子的背后是一片旋转的黑洞,吞噬着我所有的情绪、所有的回忆。

我说:"最后一句,你可不可以对我说'我想你了'。说吧,我想看星星。"

舒平说:"我想你了。"

我说:"嗯,我也想你,再见。"

我合上手机,不再点开他的未读信息。像完成一个仪式一样,我拎起背包,看了一眼办公室里没有察觉到任何事情的小川,从沙发上站起来,走出了办公室。

眼泪止不住地流下来,我走出办公楼,坐上出租车。

我强撑着用平静的语气说:"师傅,去北京西站。"

我拿出耳机,点开那首我很喜欢的梅艳芳的《亲密爱人》。

今夜还吹着风
想起你好温柔
有你的日子分外地轻松
也不是无影踪

只是想你太浓
怎么会无时无刻把你梦

爱的路上有你
我并不寂寞

你对我那么地好
这次真的不同
也许我应该好好把你拥有
就像你一直为我守候

亲爱的人，亲密的爱人
谢谢你这么长的时间陪着我
亲爱的人，亲密的爱人
这是我一生中最兴奋的时分

⌀75

越想哭越应该大声地笑，以自己认为对的方式走下去

　　坐在出租车里，我不知道自己能够去哪里。

　　我不能回老家，也不能去珠海找他，我不想待在北京告诉我身边的朋友，我坚持了一年的异地恋如今只是一个笑话。

　　北京这么大，我却无处可去。

　　我只想离开。

　　到了西站，已经是凌晨一点。平时人潮拥挤的西站此时十分安静，甚至连售票大厅的外面走廊也漆黑一片。

　　我走进去排队，发现所有半夜的票都卖完了，问得三个小时后有列车是去西安的，我心里一痛，意识到西安一直是喜欢摇滚的舒平心中的圣地，觉得去一去也好。

这才发现自己已经把世界上很多的东西都打上了他的标签，把所有的未来，都带着他的目标一起规划。

而现在却要全部连根拔起。

我打算去西安，却发现自己买不起仅剩的软卧。

退回到数十人队伍的末尾，我低着头思索着该怎么办。

如果有人在这里遇到我，可能会认不出我，因为那个充满活力走路带风的我已经消失了，只有一个披头散发在半夜穿着不合时宜的过膝裙，哭得红肿的眼睛毫无任何神采的女孩。

一位黄牛凑到我的跟前，怪里怪气地问我。

他带着浓重的地方口音，说："妹子，想买去哪里的票啊？"

我根本无心打理他，虚弱地说道："哪里都行，最近的一列火车就可以。"

他突然怪笑了起来，好像发现了什么了不起的事情。

他说："看你这么小，该不是离家出走吧？"

我别过头去，懒得理他。

黄牛却突然把手伸进我的裙子，用力地捏了一下我，我避之不及，失声尖叫。

黄牛说："去哪里都可以，那去我家好不好？"

我脑袋里"嗡"的一声，没想到自己会在售票大厅里遇到这样的事情。

我又惊又怕又愤怒，转头拿自己手里的长柄伞狠狠地打了他的腿一下。

我吼道:"你他妈的干什么?!"

他吃了一记打,恼羞成怒,想扑过来抓我的脸,并夹着我的胳膊使劲想把我往售票厅外面拽。

我死命挣扎,队伍末端的几个人看到我们起了争执,都四散开来,露出避之不及的神色,只有一位北京大婶站出来呵斥了一声。

大婶骂道:"小兔崽子,干什么呢你?!"

大婶出手拉我,把我护到她的身后。

黄牛并不死心,但是又忌惮大婶和其他人,毕竟这里还是明亮的售票大厅。

他恶狠狠地瞪了我一眼,说:"有种你今晚别出来。"

黄牛扭头快步走出售票大厅,消失在漆黑的走廊尽头。

我拼命向大婶道谢,大婶摆摆手,让我不要放在心上。她买完票,又嘱咐我要自己小心,便离开了售票大厅。

我哆哆嗦嗦地站在最靠近窗口和售票员的地方,望着那些没有向我伸出援手的人,只感觉到心里一阵寒意。

漆黑的走廊尽头,我始终能看到黄牛来回走动打电话的身影。

他在叫人帮忙?

有几个新的黄牛已经围聚在他的周围。

他还在等着我走出去?会等多久?等到天亮?还是等到这里人少了一些,直接冲过来把我抓走?

我买不到票,也没有办法离开这里,我到底该怎么办?

拿出电话,我脑海里出现的第一个念头是打给杨小川。

谢天谢地,电话很快接通了。

我无法控制地全身发抖,包括声音。

我说:"小川……"

小川说:"你不在外面?"

电话那头响起他站起来走动的声音,他误以为我还在办公室的沙发上熟睡。

小川说:"你在哪儿?"

我说:"我在北京西站,你能来接我吗?"

小川说:"好。我马上来,你等着我。"

放下电话,我稍微安心了一些,在等待的过程中,我来回踱步,心里说不出来是什么滋味。

过了十多分钟,我的电话响了。

小川的语气很温柔,他说:"我到了,你在哪里?"

我说:"售票大厅。"

小川坚定地说:"好,我现在去大厅门口。"

我举着电话,一步一步走出亮着灯的还在排队的售票大厅,走进黑暗的走廊中,仿佛坠入另外一个深渊。

但是我不再害怕,因为小川在走廊的尽头,骑着他的鬼火摩托车,亮着他的摩托车车头的灯光等着我。

我走过去,小川递给我他的皮衣,扔给我他的头盔。

他说:"穿上,上车吧。"

我点点头,跨上去。

像第一次来北京的冬天,他骑着摩托车带我回家的样子。

像无数次去上班,去看电影,去看火车道,去见朋友们,去吃饭,他骑着摩托车载着我在北京的大街小巷、人行天桥、车水马龙中穿梭,我不必再思考,只是静静地坐在他身后的样子。

我突然觉得,我们在北京,还会走很多颠簸的路,飞驰过很多科幻的建筑,发生很多离奇又傻帽儿的故事。

茫茫一片漆黑的夜里,北京的马路上,飞驰的摩托车少年载着他心碎的室友,没有再多问一句话。

后来我问过他,为什么不问我为什么会一个人突然跑去北京西站。

小川说:"你如果想说,自然会告诉我。你如果不想说,我问了也没有用。"

那天晚上,那辆鬼火摩托车是一只小小的温暖的船,行驶在北京的海面上,我被巨大的扑面而来的安全感所侵袭。

鬼使神差地,我第一次,把手环绕在小川的腰间,把头靠在他的肩膀上,合上眼睛,只能听到风声在耳边呼啸。

银灰色的摩托车驶入北京无边的夜色之中。

曾经我觉得,睡眠是身体的深渊,一个人的身体是另一个人的深渊。而等待,等待是爱情的深渊。我独自前来,越陷越深。

有一天,名叫"总有一天",它一定是时间的深渊。

但是还有一天,是总有一天的第二天。

(完)

>>>一点后续

在这之后,我又恢复了写日记的习惯。

6月12日

热得炸掉了的今晚没什么人看书,只卖出了两本。

蹲在放猫厕所的小柜子里往行李箱里塞书,被卡住了,半天出不来。

接了个傻×的电话,我说:"你他妈有病吧,再打电话过来,我就报警了。"

没带钥匙站在家楼下狠狠扇了自己一巴掌。

我发誓,我要赚钱买一辆摩托车!

我要买一辆摩托车!

我要买了摩托车带着我的书夜晚吹着凉风一路飞驰着回家!

就算没带钥匙也能去公司拿!

6月21日

今天带着吉祥物去摆摊,卖出十五本。

某对买书情侣,女孩说自己的职业是流浪,男生就特别温柔地笑着。

两个爱书的人表示我的书价不科学,非要多给钱,我也就非常厚脸皮地收了,回家路上买了两个肉夹馍,雄赳赳,气昂昂。

天快黑时,我在书摊边非常不要脸地唱起了《好汉歌》,真的是以非常大的声音在唱。然后,然后就再也没有生意了。

6月29日

其实我想要的东西全都很简单。

只是追寻的路上,渐渐把事情弄得很复杂。

家人,伙伴,猫咪,书店,写作,阅读,爱人。

以为我会改变的人,以为我会随便就放弃的人,你们可以尽情地评价。

因为你们的摇头,只能让我更加确信。

我没有等所谓的时机成熟、所谓的顺其自然,我就在做自己最想做的事情,一刻也没有停下来。

7月13日

今天,我用卖书的钱,买到了心爱的摩托车。

小川用了一个晚上的时间,教会了我骑摩托车。

虽然他前后骂了我二十多遍"傻×",我回敬了他三十多遍"吃屎吧你"。

骑着摩托车,载着一大箱书,在摆完地摊回家的路上,安静的北京城,整条马路都能听到我心里的歌声。

从一位等待被恋人救赎的少女变成一位自己站起来屠龙的勇士。

图书在版编目（CIP）数据

我与我的百分室友 / 万年俊子著. — 北京：北京联合出版公司，2017.4
ISBN 978-7-5502-9684-8

Ⅰ.①我… Ⅱ.①万… Ⅲ.①长篇小说－中国－当代 Ⅳ.①I247.5

中国版本图书馆CIP数据核字(2017)第018356号

我与我的百分室友

作　　者：万年俊子
责任编辑：喻　静
产品经理：周乔蒙
特约编辑：丛龙艳
装帧设计：粉粉猫
内页设计：粉粉猫　李振瑶

北京联合出版公司出版
（北京市西城区德外大街83号楼9层 100088）
北京联合天畅发行公司发行
北京艺堂印刷有限公司印刷　新华书店经销
字数：214千字　787mm×1092mm　1/32　印张：10.25
2017年4月第1版　2017年4月第1次印刷
ISBN 978-7-5502-9684-8
定价：42.00元

未经许可，不得以任何方式复制或抄袭本书部分或全部内容
版权所有，侵权必究
如发现图书质量问题，可联系调换。质量投诉电话：010-68210805/64243832